L'été indien

DU MÊME AUTEUR

Chez le même éditeur

AIRE DU MOUTON, 2011

LA SALLE, 2015

LA MER C'EST RIEN DU TOUT, 2016, #formatpoche, 2020

LA FONTE DES GLACES, 2017, Folio nº 6655, 2019

L'ARBRE D'OBÉISSANCE, 2019

LE ZOO DES ABSENTS, 2022

TROIS CHAOS, 2022

Chez d'autres éditeurs

ANGLE PLAT, Hors Jeu Éditions, 2002

UN RANG D'ÉCART, L'arbre à paroles, 2003

START-UP, Le Quartanier, 2007

PRÉ OU CARRÉ, Éric Pesty Éditeur, 2015

RUCHE, Éric Pesty Éditeur, 2019

Joël Baqué

L'été indien

Roman

P.O.L
33, rue Saint-André-des-Arts, Paris 6e

ISBN : 978-2-8180-6001-8
www.pol-editeur.com

Éric Planchon s'exfiltra des tiédeurs amniotiques sous le regard éberlué de sa mère pourtant informée de son arrivée imminente. Il sembla lancer un regard alentour, rampa avec célérité vers l'odeur lactée qui chatouillait ses narines, poussa une sorte de rugissement et téta avec modération. En ce matin de septembre 1961 dans la clinique Rampot à Béziers, ce coup de gueule inaugural annonça qu'Éric ne rechignerait pas à satisfaire les attentes placées en lui pourvu qu'ensuite on lui fiche la paix. L'expérience lui manquait mais non le caractère. Après cette démonstration de force, suivie d'un silence jugé inquiétant puis reposant par sa mère, il quitta Béziers pour le pavillon familial de Plaissac, petit village héraultais dominé par son très ancien clocher à corneilles, cerné de vignobles, de garrigues et de petites routes bordées d'amandiers. Le père, Robert, examina le nouveau Planchon d'un œil soupçonneux en lui remuant vaguement le pied droit comme pour vérifier la tenue de l'ensemble. Il félicita Arlette d'être revenue à sa portion congrue tout en s'étonnant de la disproportion entre l'énormité de son ventre et la petitesse du résultat, comment pareille baleine avait-elle pu accoucher de cette ablette ?

– Toujours le mot qui fait plaisir, hein Planchon ! riposta l'intéressée.

Robert Planchon appartenait à cette race de vignerons maussades en accord avec une terre caillouteuse, sableuse, qui demande beaucoup d'efforts et donne peu. Il gardait le souvenir des chevaux de trait et des pesantes sulfateuses en métal de sa jeunesse. Les jours de repos il se consacrait à ses trente-six ceps de muscat d'Alexandrie plantés au cordeau, petite légion d'élite aux étendards verdoyants aux beaux jours, d'or et rouille en automne, rangés les jours d'hiver. Il bichonnait ce cépage olympien mais fragile, très sensible à l'humidité, traquait les ravageurs jusque dans les crevasses des troncs, surveillait de près le pêcher de vigne planté en bordure, sentinelle qu'un éventuel mildiou attaquerait en premier, signe qu'il fallait de toute urgence sulfater. Les bonnes années, chaque grain se gonflait d'une pulpe couleur miel sous la fine peau patinée par le soleil et délicatement roussie. Sa femme s'en régalait en cachette mais ne l'aurait jamais reconnu ; de toute façon, s'ils devenaient si délectables, ce n'était pas grâce à Planchon mais malgré lui.

Enclose dans des robes en tergal indéchirables, chaussée de pantoufles tout-terrain achetées par correspondance, Arlette assumait la logistique familiale tout en patrouillant entre le massif de lauriers-roses et la petite vigne, territoire échappant à sa juridiction. Quelques années plus tard elle intégra à cette routine les trois containers à déchets dont la mise en service changea sa vie. Ils devinrent sa passion, comme ses muscats pour Planchon. Trois, comme les trois Rois mages !

L'Hérault avait été choisi comme département pilote du tri sélectif élargi. Si ça fonctionnait là, ça fonctionnerait partout, avaient décrété les autorités. Cet amphithéâtre ouvert sur la mer recelait une propension à dérégler les choses, à rendre toute prescription étatique, tout règlement impraticables, à les enrayer, les dissoudre sans possibilité d'identifier les ferments de ce sabotage paisible mais généralisé. Sans doute l'air rugueux, salin ou poussiéreux selon les vents tour à tour émollients ou abrasifs, façonnait-il tempéraments et inconscients. Exemple entre mille, les automobilistes s'y tuaient plus qu'ailleurs, aux endroits les plus improbables, dans des circonstances échappant à toute probabilité ; ce département pourrissait à lui seul les statistiques nationales de la sécurité routière et pas seulement. En vain était-il brassé, ausculté par les tentacules du pouvoir central qui s'y faisaient des nœuds. Dans le jargon de la préfectorale, le préfet de l'Hérault se nommait préfet des Danaïdes.

Déjà les proconsuls romains en déchiraient leurs toges. Au final les Vandales c'était pas si mal, râlait Claudius en prenant le calame pour répondre à une énième missive énervée de l'empereur, Caïus dit qu'un poste va se libérer en Judée, Pilate est en fin de carrière, pourquoi pas, ils ont l'eau courante toute l'année, les thermes restent à la bonne température, les aqueducs ne partent pas en quenouille comme ici, les fauves ne s'échappent pas de l'arène en plein spectacle, la honte ! Moi la Narbonnaise j'en ai ma claque ! Si seulement ils étaient hostiles, ces Gaulois, on en crucifie trois quatre pour l'exemple, on soudoie quelques chefs de tribu supplémentaires, on augmente le budget du pain et des jeux et c'est réglé, mais non, ce serait trop simple, ils manquent même de la cruauté la plus élémentaire, à Rome on se fout de moi, dans les atriums on dit, avec Claudius c'est pas la Pax Romana c'est le Capharnaüm Romano ! Les Grecs, maintenant je comprends pourquoi ils sont partis.

Ces containers avaient plu d'emblée à Arlette, l'Esprit souffle où Il veut. De les voir bien alignés, flambant neufs dans leurs belles couleurs, munis de charmantes roulettes, promettant du changement, lui faisait du bien. Leurs formes généreuses quoique fonctionnelles, leur diversité complémentaire constituaient des atouts immédiatement accessibles derrière lesquels attendaient d'être découvertes puis aimées des qualités d'usage insoupçonnées. Son préféré ? Quelle question ! Elle les enveloppait tous d'un amour égal, sachant apprécier chacun d'entre eux pour sa singularité. Avec sa trappe mutine au centre d'un couvercle scellé aux non-initiés, Le Jaune était juste adorable ! Il accueillait bouteilles et flacons en plastique, emballages en carton. Le Vert, lui, s'adonnait exclusivement au verre ; celui-là s'ornait d'une fente bordée de poils ni trop courts ni trop longs, ni trop serrés ni trop relâchés qui s'écartaient puis se refermaient comme deux rangées d'inusables pistils, deux ouïes laissant sourdre un très léger chuintement au passage de la bouteille. Sorte de frère convers, Le Gris était dévolu aux déchets organiques, ceux qui puent ou pueront. Plus carré, resté proche de la poubelle originelle, moins spécialisé que ses cousins, sa bonhomie le rendait immédiatement familier. Bon enfant, de larges dimensions, un rien bourru, il acceptait aussi le papier huilé ayant contenu les maquereaux, les sardines ou les moules du vendredi achetées à Augustine. Qu'il pleuve, qu'il vente, la vieille poissonnière les rapportait d'Agde dans une remorque attachée à sa mobylette. Sa pauvreté faisait pitié et rassurait tout à la fois ; finalement on est pas si mal lotis nous autres, se disait-on en la voyant passer ou crier la promotion du jour. Même les gendarmes n'osaient pas la verbaliser.

– Augustine, quand même le casque si vous tombez il vous sauvera la vie.

– Justement ! J'en veux pas de votre casque ! Que je crève ! Le plus vite sera le mieux !!

Quant à Robert Planchon, il avait haï au premier regard ces poubelles technocratiques. Encore un coup des raclures de Paris, avait-il hurlé en voyant la liste des déchets autorisés et interdits selon le container. Ceux-ci furent frappés de sa détestation au même degré que ces randonneurs affublés de vêtements jaunes ou orange, comme ceux des types des travaux publics. Le zoo est fermé ! Revenez mardi ! leur gueulait-il quand ils le photographiaient pendant qu'il trimait dans les vignes du patron. Des hypocrites qui se la coulent douce dans les piscines de leurs résidences secondaires avec leurs gosses pires que des débroussailleuses, on les entend depuis la garrigue. Allez vous baigner dans la Seine ! éructait-il en passant devant les murs refaits à neuf avec de vieilles pierres. Ces murs ils vont devenir des nids à vipères, déjà qu'ils nous ramènent des frelons énormes qu'on dirait des Canadair, des saloperies de frelons asiatiques, le mur en est infesté, c'est la muraille de Chine !

Plus tard Arlette prendrait l'habitude de dire, Éric est né il faisait le même temps qu'à l'arrivée des containers, c'était l'automne je me souviens, formule transformée en, Éric est né il faisait le même temps qu'à l'arrivée des containers c'était l'été indien je me souviens, après qu'elle eut entendu la chanson de Joe Dassin sur RMC.

Le jour d'arrivée des containers Éric s'apprêtait à partir pour le service militaire, le temps avait vite filé depuis ses débuts dans la vie, bien caché sous la robe en tergal. Arlette nota sur une feuille sèchement arrachée à un carnet les consignes de base, râlant après son stylo, quatre couleurs mais pas les bonnes sauf pour Le Vert. Elle avait ensuite punaisé les instructions dans la cuisine sous le calendrier des PTT où un lapin grignotait une carotte (pour Le Gris, les restes de carotte !). Bienfait dérivé du tri sélectif, elle n'aurait plus à supporter Nénain avec son sourire de pochtron, ses tatouages de bagnard, sa carne asthmatique, sa benne à ordures traînant son nuage de mouches comme un chalutier ses mouettes, sans même parler des bouses, au moins elles profitent bien aux lauriers-roses, admettait-elle. Il lui venait cependant des délicatesses inattendues ; ainsi faisait-elle semblant d'être dure d'oreille pour ne pas humilier Nénain quand il tentait de s'exprimer à jeun sur tel ou tel sujet, il connaissait mieux les chevaux que la syntaxe, c'était un enfant de l'Assistance.

– Nénain, tu sais je deviens sourde avec l'âge, tu veux pas répéter plus lentement ?

Elle lui donnait parfois une moitié de cake bien emballée, quelques abricots du jardin, le village entier l'aidait par de petits gestes semblables. Nénain et son cheval ne partirent pas seuls, ils emportèrent avec eux ce qu'Éric, plus tard, comprendrait avoir perdu. La civilisation villageoise, lente et compacte, s'effacerait sans soubresaut, laissant un sillage diffus plein d'odeurs, de sons, de gestes oubliés. Les visages eux-mêmes changeraient, les façons de vieillir et mourir, d'évoquer le souvenir des anciens, devenus des ascendants.

Vigilante, toujours sur le qui-vive, Arlette vérifiait plusieurs fois par jour le bon usage des trois containers affectés aux pavillons du quartier, achevant de se fâcher avec l'ensemble des voisins qu'elle accusait de négligence criminelle. Vous respectez pas les consignes, leur reprochait-elle avec véhémence en tirant à deux mains sur son indestructible blouse, résultat l'air qu'on respire devient comme un thon ou un thermomètre, tout pourri de mercure, ils le disent pourtant assez à la télé ! Quinze ans plus tard, éprise comme au premier jour, elle continuerait à choyer ses containers mais leur préférerait un homme hors du commun, tombé dans son téléviseur comme un cadeau du Ciel. Si les containers étaient les Rois mages, Jean-Pierre Pernaut était le Messie ! Le présentateur du Treize heures était un homme responsable, informé, amoureux des terroirs. Un cœur battant à l'unisson du pays, un sourire hexagonal n'excluant pas ses compatriotes ultramarins, une intelligence multiforme, aussi à l'aise avec une crosse de hockey qu'au volant d'un bolide, avec un paysan qu'avec un ministre. Et puis surtout le seul homme à avoir su l'aimer, le seul à lui sourire jour après jour, année après année, un modèle de constance. Pourquoi pareil homme ne se présentait-il pas à la présidence de la République française pour renvoyer aux oubliettes de l'Histoire ces gâcheurs professionnels qu'elle te les aurait tous expédiés vite fait bien fait dans la benne de Nénain si elle passait encore, Le Gris c'est encore trop bien pour eux, s'exaspérait-elle tout en connaissant la triste réponse. Les Français aiment respirer du mercure ! Les Français plébiscitent leur suicide collectif ! Les Français oublient même qu'ils ont inventé la poubelle, c'est pas les Suisses, pas du tout, c'est un préfet de Paris, parfaitement ! Pour une fois qu'ils ont servi à quelque chose à Paris ! Les Français d'aujourd'hui sont des veaux, des porcs et des poissons rouges ! Jean-Pierre président, tout irait mieux, il te ferait adopter le tri sélectif à tout le pays, pas par l'inefficace et stupide techno-déchetterie, mais par l'adhésion.

Des concours de tri sélectif s'organiseraient spontanément sur tous les points du territoire, même les Suisses en rabattraient après avoir séjourné dans ce pays jusqu'alors considéré comme une porcherie pourvue de bons vins et fromages, développait-elle dans la pénombre du séjour, solidement calée sur sa chaise. Elle se laissait porter par ces songeries comme sur les eaux tièdes d'un lagon, mollement bercée dans une pirogue à balancier. Ah ! Si les containers étaient venus plus tôt ou Éric plus tard ! Elle l'aurait inscrit au comité local des Jeunesses Trieuses dès qu'en âge de marcher au pas. Elle l'imaginait dans son bel uniforme à pantalon gris, chemise jaune et foulard vert, les couleurs du renouveau français ! Elle le voyait remonter les Champs-Élysées en tête de son détachement de jeunes pionniers derrière le président Pernaut fraîchement élu, la Toison d'or présidentielle étalée sur sa large poitrine, debout à l'arrière d'une voiture à son image, discrète mais solide, rassurante et modeste, une voiture très française et néanmoins ouverte sur le monde. À hauteur du drapeau français, fixé sur l'aile droite du véhicule, flotterait à gauche un autre drapeau tricolore, gris, jaune et vert, un drapeau aux couleurs du tri sélectif. Un gigantesque défilé de containers de plusieurs kilomètres éblouirait la foule parcourue de frissons comme un champ de blé caressé par une brise de mai. Ainsi la France, fidèle à sa vocation, montrerait-elle le chemin au monde. Assise sur sa chaise au paillage fatigué, insensible aux piqûres de ses brins rebiquant grâce au blindage de tergal, concentrée comme un fakir sur son tapis de clous, bras croisés sur sa blouse, elle contemplait la scène présidentielle flottant entre le plafond et les cornes du taureau aux flancs pelés qui secouait ses banderilles sur le buffet, ses sabots posés sur un napperon de dentelle.

Éric grandit dans l'ombre de cette mère amère, elle-même souvent dans l'ombre du séjour aux volets à peine entrouverts où s'écoulait l'essentiel de ses journées devant le téléviseur allumé, au son coupé, prise dans l'hypnotique succession d'images qu'elle voyait sans vraiment les regarder comme elle faisait avec Planchon lors des repas. L'apparition de Jean-Pierre Pernaut au Treize heures changea la donne. Avant treize heures, elle attendait le prochain Treize heures, après treize heures trente elle méditait dans le sillage du dernier Treize heures. Dès les premières notes du générique son long nez pointait vers l'écran comme au soleil l'aiguille d'un cadran solaire, son regard devenait d'une fixité inquiétante, une vague clarté suintait de son visage, un sourire mystérieux la jocondisait. C'était le moment culminant de la journée, son acmé, la fusion du temps et de l'espace. Le journal terminé, elle s'alanguissait sur sa chaise, souriant aux mouches avant de s'arracher brutalement de son siège, passant sans transition d'un flottement érotico-politique à sa réalité présente. Née Arlette Fulmigarino, elle avait été surnommée Starlette jusqu'à son mariage avec ce Robert Planchon, lequel sans surprise s'avéra être un lourdaud besogneux, plus attentif au mildiou et à l'araignée rouge menaçant ses maudits raisins qu'à sa femme. Ah ! Elle s'en souvenait de ce bal sous les lampions républicains d'un 13 juillet, les lendemains de fête sont durs et ils durent. Oui, elle avait tout perdu. Sa virginité puis son beau nom de jeune fille où pétillaient les nuits andalouses pour celui, plat et visqueux comme une limande, de Planchon ! Starlette redevint Arlette comme à minuit le carrosse une cochonnerie de citrouille ! Une Arlette Planchon, épouse d'un Robert Planchon ! De plus, elle avait dû lutter avec férocité pour éradiquer son nouveau surnom, La Planchonette, avant qu'il ne lui devienne consubstantiel, passant de bouche en bouche dans le village comme ces flammèches sautant de pins en yeuses dans la garrigue en laissant derrière elles un tapis de cendres, pour Arlette celles de son état civil natif.

De rage, remontée à bloc par sa condition passée, présente et à venir, elle rabattait violemment les volets contre le mur dans l'espoir d'arracher un des voisins à sa sieste. Yeux plissés par la lumière du grand jour, elle se rasseyait et ressassait encore et encore, fixant le taureau dont les cornes poussiéreuses tenaient le plafond à distance depuis une bonne vingtaine d'années. Dans ses bons jours elle retrouvait un semblant de sérénité, un sourire se risquait sur sa face cireuse. Certaines rêveries la laissaient s'épanouir et persister quelques minutes, une en particulier l'enchantait. Aussi ne la convoquait-elle qu'exceptionnellement pour ne pas trop l'user, tel un lingot d'or extrait de sa cachette selon un calendrier mystérieux pour le redécouvrir de loin en loin et se nourrir de son éclat feutré.

Elle roulait dans la décapotable conduite par Jean-Pierre qui lui lançait de ces regards… Ah ! De ces regards !!! Car elle était redevenue Starlette ! Oui ! La fraîche et belle Starlette ! Et pour elle le président Pernaut devenait le président Jean-Pierre, c'était là leur humble et tendre secret. Le soleil festoyait dans un ciel dont l'inouïe pureté devait beaucoup aux mesures de tri sélectif du président Pernaut. Si l'herbe est paraît-il plus verte ailleurs, le ciel était assurément plus bleu en France. Ces charmantes routes de campagne relient les gens entre eux mais aussi chacun à lui-même tant elles invitent au recueillement, à se fondre dans ce pays si bien symbolisé par le sourire du grand homme, un sourire bon comme du bon pain ; on s'attendait à chaque virage à voir une charrette à grandes roues tirée par un superbe percheron bien ferré par un homme de l'art, alourdie de blés coupés, blonds, dorés comme les frisottis de Starlette. Vêtu d'un polo bleu pastel, d'un pantalon de toile écrue, de mocassins à glands espiègles, Jean-Pierre l'embrassait dès que possible ; il exprimait sa sensualité sans déroger au Code de la route ni aux règles de prudence, en toutes circonstances c'était un homme d'exception. Elle-même portait une modeste mais très seyante robe d'été à fleurs des champs, une fine ceinture de cuir mettait sa taille en valeur, d'élégantes sandales laissaient dépasser ses orteils aux ongles vernis. Ils parcouraient, cheveux au vent, les routes départementales et cantonales, allant de village en village pour constater le succès du tri sélectif dans les zones rurales les plus reculées, aux confins de ces campagnes pour lesquelles Jean-Pierre avait tant fait et ferait encore bien davantage, désormais épaulé par sa Starlette à lui. Sa popularité était telle qu'il ne maintenait sa protection policière que par respect des règles institutionnelles et pour contenir l'amicale pression populaire. Ils dormaient, et pas que ! dans de charmantes auberges, réveillés à l'aube par le doux cliquetis de camions-bennes qui ne brutalisaient pas les containers afin d'en extraire la substantifique moelle mais leur appliquaient d'amicaux tapotements, doux comme ceux qu'on donne aux nourrissons pour faire sortir leur petit rot. Il arrivait que des pionniers improvisent ou réactualisent pour eux une chorégraphie de containers. Alors la place du village se vidait, devenait piste de danse, de ballet plutôt, des chaises arrivaient pour les vieux, deux fauteuils pour le couple présidentiel qu'elle et Jean-Pierre refusaient, pas question d'être mieux installés que leurs compatriotes ! Après quelques mots bafouillés par l'élu local profondément ému, les containers entraient en scène, ils dessinaient de subtiles figures qui souvent ne cédaient en rien à celles des motards de la Garde républicaine, parfois touchantes de bonne volonté jusque dans leurs maladresses, leurs problèmes de synchronisation, les heurts de containers manœuvrés par de tout jeunes pionniers à peine plus hauts que ceux-ci ! Après les effusions municipales, ils repartaient avec la malle de leur petit cabriolet emplie de présents : fromages au lait cru, vins, charcuteries, liqueurs, miels, confitures, confiseries, maroquinerie, dessins d'enfants les représentant main dans la main, flottant dans un ciel tricolore.

Le président Pernaut ne guérirait certes pas les écrouelles mais il ferait mieux, bien mieux : il prendrait soin de l'âme et des poumons des Français. Le jour, le président Pernaut fusionnerait avec le pays profond, la nuit le président Jean-Pierre, son Jipé adoré, fusionnerait avec elle, sa Starlette ! À ce stade, elle laissait traîner sa main droite sous sa blouse, un peu plus bas que le nombril, s'employait à coordonner le rêve et la réalité, les confondait avec un onirique lâcher-prise présidentiel, quand elle accueillait en elle ses sucs fleurant bon le terroir et qu'il lâchait un Arlette ! Oh Arlette ! déchirant par lequel il la hissait, elle, sa Starlette, à la hauteur de ce pays qu'il aimait tant et qu'ensuite, loin de remettre ses chaussettes comme l'infâme Planchon, il la pétrissait comme le boulanger ses pâtons, l'ouvrait à nouveau comme le soc du laboureur la terre humide. Il pouvait aussi murmurer, crier quelques expressions fort crues de son cru car il portait en lui non seulement l'héritage des poètes courtois mais celui aussi de Rabelais et autres auteurs paillards. Puis ils s'endormaient, enveloppés par l'amour de toute une nation retrouvée, et la main se retirait de la blouse de tergal. Les retours au réel s'avéraient brutaux. Jean-Pierre vivait loin, très loin dans son froid Paris bien qu'au chaud, oh oui ! bien au chaud dans son cœur !

Il lui restait Éric. Aux muscats d'Alexandrie celui-ci préférait les yaourts à l'ananas ; elle l'encourageait dans cette voie en le fournissant en formats familiaux, il n'y a pas de petites victoires.

Le camion-benne du monde réel passait tous les lundis entre six et sept heures. Elle l'attendait, ferme sur ses jambes, bras croisés, regardant avec des soupirs de réprobation les containers, placés sans ménagement entre les mâchoires d'acier, s'élever pour être renversés puis secoués comme des tapis et reposés avec la même barbarie mécanique ! C'est tout juste si elle ne regrettait pas Nénain et son cheval tubard, fournisseur d'une bonne fumure gratuite pour ses lauriers-roses. Elle les rangeait ensuite dans leur enclos de ciment sous les ricanements du conducteur, nettoyant les bavures autour de leurs orifices comme jadis les fesses du petit Éric avant de les talquer, alternant les emplacements pour ne pas faire de jaloux, elle les aimait tous les trois. Elle gardait une petite réserve de récipients en verre pour être la première à les donner au Vert. Pas question qu'il commence à s'emplir à nouveau dans une avalanche de verre brisé ! Elle descendait les bouteilles et bocaux un à un à l'aide de deux ficelles selon une technique évoquant un sauvetage en montagne, un brancard à descendre sans heurts. Elle remontait ensuite ses ficelles et recommençait la manœuvre.

Éric, lui, osait à peine manger des yaourts, pourtant il raffolait de ceux à l'ananas, les seuls à contenir de gros morceaux. Elle l'obligeait à laver les pots et à les sécher avant de les déposer soigneusement dans Le Jaune. Rentré de l'école il avait à peine fait un pas en direction du frigo qu'elle lui lançait, parfois depuis le massif de lauriers-roses, avertie par son sixième sens :

– Tu manges, tu nettoies, tu sèches et dans Le Jaune hein ! Tu le sais !

– Oui maman, je le sais, ne t'inquiète pas.

Son implication était sans faille. On la croyait assoupie sur sa chaise, sa tête pivotait vivement vers la rue de la Tramontane où une main allait faire œuvre de profanation, fourrant n'importe quoi n'importe où. Alertée comme l'araignée par une infime vibration déclenchée aux confins de sa toile, les yeux exorbités elle giclait, se précipitait pour prendre sur le fait le saboteur. Personne n'était innocent, on pouvait respecter les consignes de tri sans respecter les containers, y balancer des emballages souillés comme s'il s'agissait de simples poubelles ! À défaut d'identifier le sagouin, la sagouine ou les sagouinots – la mauvaise graine pousse vite –, elle positionnait le parpaing tenu en réserve, s'y hissait pour ensuite plonger son bras dans l'ouverture et retirer les derniers emballages déposés, inspectant leur état de propreté, ramenant les plus sales chez elle pour les nettoyer. Bien sûr, il fallait pour cela qu'un certain nombre de déchets aient déjà été jetés. À défaut, elle éclairait l'intérieur avec une petite lampe de poche pour faire un point de situation. Elle n'avait pas réussi à obtenir la clé ouvrant les containers malgré ses multiples tentatives auprès des chauffeurs des camions-bennes. C'était là un sujet de frustration récurrent. Son implication dans la gestion des déchets aurait dû conduire ce bon à rien de maire à intervenir pour qu'on lui confie le sésame. Mais ce pauvre type lui tenait rigueur de ne pas voter pour lui alors même qu'elle ne lui préférait pas ses adversaires. Aux municipales comme à toutes les élections elle votait « blanc militant » en glissant dans l'urne une enveloppe contenant trois ou quatre bulletins au dos desquels elle inscrivait : Un Pernaut sinon rien ! Elle était pareille à ces croyants qui participent à l'entretien, à la décoration florale de leur église et sont fiers de posséder une clé leur donnant accès hors des heures d'ouverture, y compris à la sacristie. Ainsi entrent-ils dans une certaine intimité avec la divinité. Passer un coup de chiffon sur un christ, redresser une Vierge Marie bancale, briquer l'auréole d'un saint Jean-Baptiste vous distinguent du troupeau. Injustement privée de l'entrée des artistes, elle en était donc réduite à pénétrer l'intériorité du Jaune et du Vert par son petit guichet pour l'un, son orifice poilu pour l'autre. Elle passait le chiffon sur le couvercle du Jaune, essuyait les bavures autour de la double moustache du Vert, évitait d'y plonger sans précaution le bras pour nettoyer les parties intérieures accessibles depuis qu'elle s'était entaillée jusqu'à l'os. Quant au Gris, d'accès plus aisé, elle en soulevait le couvercle pour faire un état des lieux. Au besoin elle doublait le sac troué en puisant dans la réserve qu'elle cachait derrière la petite maçonnerie avec les ficelles, un nécessaire de nettoyage et la lampe de poche. Ensuite elle les recalait dans leur enclos et, les ayant bien bordés, les quittait avec une dernière caresse à leurs couvercles tout proprets.

L'intérieur de la maison pâtissait de ces soins exogènes. Les mouches privilégiaient le plafond car toute autre surface leur collait aux pattes, sauf peut-être les cornes taurines qu'Arlette parfois caressait avec nostalgie. Seule une visite de Jean-Pierre Pernaut aurait pu l'amener à un nettoyage de printemps, et ce en toute saison. L'autre d'Alexandrie, comme elle désignait Planchon, L'autre d'Alexandrie ne la dérangeait guère. Il partait tôt le matin, revenait en fin d'après-midi, buvait un café, repartait aussitôt faire un tour à Tournevent ou Morate, une de ses sales vignes de la garrigue qui coûtent plus qu'elles ne rapportent, quoique son absence à lui n'ait pas de prix. Il réapparaissait pour le repas, mettait de la poussière partout, regardait la télé jusqu'à vingt et une heures trente pile. Si c'était un match avec l'ARBM, l'équipe de foot de la métropole voisine, il tenait jusqu'à la mi-temps, rentrait aux vestiaires avec les joueurs et la plupart du temps n'en ressortait pas. Éric apprit à jouer des fuseaux horaires où se mouvaient ses parents, s'initia à l'art subtil des alliances de revers et doubles jeux, ne prit jamais ouvertement parti pour l'un ou pour l'autre, ayant tôt compris sa fonction de variable d'ajustement dans l'équilibre précaire du couple. Il acquit ainsi une maturité d'esprit précoce. Jean-Pierre Pernaut et les muscats d'Alexandrie constituaient le centre de gravité de la politique familiale. Les containers occupaient une position relativement secondaire car Robert Planchon les ignorait par mépris. Éric évitait de se trouver en position de trancher. De même pratiquait-il pour l'ARBM ; sa mère aimait la voir perdre parce que Planchon la soutenait, et inversement. Au fait de leurs us et coutumes, le village les surnommait « le couple tragique ». La pelouse de l'ARBM ne constituait pas un terrain d'entente mais une extension du domaine de la lutte conjugale, d'une certaine façon elle remplaçait le bureau du juge aux affaires familiales car divorcer restait tacitement exclu, Arlette et Robert avaient signé pour le meilleur et pour le pire, cochon qui s'en dédie.

Chez les Planchon, les rencontres impliquant l'ARBM étaient donc classées à haut risque. Les soirs de match, prudent, le jeune Éric tirait une chaise à équidistance de l'un et de l'autre, respectivement assis dans les angles sud-est et sud-ouest du séjour, chacun dans son virage, concentré tel un groupe d'ultras à lui tout seul. Le principal sponsor du club était une société spécialisée dans le tri sélectif. La mère rageait de voir une si noble mission associée à une bande d'incapables végétant en bas du classement, connue pour sa brutalité et sa stratégie habituelle, une reculade collective stoppée par les seules limites du terrain. Dès le premier but encaissé leurs supporteurs accablaient les joueurs d'insultes et de jets de canettes. Container vert ! hurlait Arlette. L'ARBM reculait alors de moins en moins et, en fin de match, en net progrès, parvenait à faire du surplace en milieu de terrain. Les supporteurs se consolaient en tenant un classement parallèle où les points s'attribuaient en fonction du nombre d'adversaires sortis sur blessure et de cartons reçus. Ses joueurs préférant jouer les rotules adverses plutôt que le ballon, plus compliqué à bloquer, l'ARBM remportait chaque année ce titre officieux de champion de France récompensé par le Brancard d'or. Les stars, payées des fortunes, n'étaient jamais engagées face à l'ARBM, on n'engage pas des Formule 1 dans un stock-car. Dissoute dans les mesures disciplinaires au fil des matchs, l'équipe type était très rarement alignée. Goran, l'entraîneur yougoslave affectueusement surnommé Gogo par les supporteurs, donnait l'exemple en se faisant régulièrement expulser puis suspendre de ses fonctions après quelques rencontres, ce qui n'empêchait pas la direction de lui renouveler sa confiance à chaque nouvelle saison car il était très populaire auprès des supporteurs. Planchon l'adulait, donc sa femme le haïssait. Éric, parfois sommé de commenter une action de jeu ou une décision arbitrale, marmonnait quelques paroles de bon sens. C'est pas faux, approuvait son père. Ce gosse ira loin, remarquait sa mère. Petit esquif coincé entre les deux navires amiraux, Éric manœuvrait avec une finesse de vieux loup de mer. Le français de Gogo restait peu compréhensible mais si la forme péchait, le fond, toujours accompagné d'une gestuelle explicite, ne manquait pas de clarté, notamment aux yeux des arbitres et des commissions disciplinaires. Lorsqu'un de ses joueurs était pris en flagrant délit d'agression, Gogo mimait un débarbouillage avec le plat de sa main pour expliquer que l'adversaire simulait puis se précipitait sur ledit simulateur pour le relever par les cheveux. Son serbo-croate-français expressif mais chaotique expliquait pour partie l'absence de cohérence tactique de l'ARBM, d'autant qu'il méprisait les schémas de jeu expliqués au tableau noir. Quelques années après son départ du club il comparut devant la Cour pénale internationale pour crimes de guerre et, quoique innocenté, devint une légende de l'ARBM adulée par les ultras du club. En son honneur ils accompagnèrent dès lors les dégagements au pied du gardien adverse en alternant le traditionnel « en... cu... lé » et le « je... ba... ti » serbo-croate, démonstration que le foot permet le dialogue des cultures.

À mesure qu'avançait la saison et qu'elle s'agrippait fermement à la dernière place du classement officiel, à la première du off, l'ARBM se voyait contrainte de faire appel aux joueurs de l'équipe seconde puis, ceux-ci écopant aussi de suspensions, aux équipes de jeunes. Inexpérimentés mais ayant l'habitude de jouer vers l'avant et non vers l'arrière, ceux-ci parvenaient à obtenir des nuls, voire à gagner des rencontres, démontrant ainsi que la stratégie alliant reculades et agressions payait sur le long terme.

Les Planchon se livraient combat par équipes interposées en regardant de concert ces fêtes sportives battre leur plein comme de gros ventricules gonflés d'intentions hooliganesques. Sortant de son mutisme habituel, Planchon prenait bruyamment parti pour l'ARBM, sa femme encourageait intensément l'adversaire du soir. Éric, on l'a dit, s'efforçait de ne montrer aucun signe pouvant lui attirer les foudres des tribunes sud-est ou sud-ouest. Il ballottait en fonction des courants, tanguait selon les vents, baissait la tête pour éviter les boulets crachés par les bouches à feu des deux protagonistes, méditait sur le sens caché d'allusions filant comme des torpilles depuis les profondeurs d'un passé conjugal où lui-même n'existait pas encore. Il s'ébahissait en silence des tribunes emplies de gueules hurlantes, peinturlurées aux couleurs de leurs équipes, de ces supporteurs coiffés de perruques de psychopathes comme dans les thrillers islandais d'aujourd'hui. Dès la première minute de jeu l'ARBM multipliait tacles douteux et agressions diverses. Les attaquants de l'équipe adverse tombaient avant d'être fauchés, invitant ainsi les défenseurs à les frapper dans le ventre ou la tête sans avoir à lever la jambe, un claquage est vite arrivé. Des brancardiers patientaient sur le bord du terrain où poireautaient des hommes tout en noir, aux jambes maigres et poilues. Claquemurés dans le même maillot lugubre, sans nom floqué dans le dos, sans numéro, anonymes mais pas du tout incognito, ces croque-morts refusaient obstinément de s'aventurer sur la pelouse. Ils tournaient autour du terrain, à l'affût, caftaient à voix basse à leur chef toutes les sournoiseries perpétrées dans son dos. Un petit drapeau à la main, la mine inquiète et pourtant arrogante, ils montraient leur dos à la foule en signe de mépris et recevaient en retour divers projectiles bien mérités. Parfois regroupés en de petits conclaves d'où leur chef ressortait en brandissant un carton jaune ou rouge, ils étaient légitimement haïs. D'autant qu'ils semblaient aimer ça, dénoncer, entraver le cours naturel du jeu lorsqu'un joueur ne se relevait pas. Sur la pelouse, leur chef évitait le ballon comme si son contact lui répugnait. Les arbitres étaient réputés être des joueurs ratés ; la plupart se feraient une entorse en tapant dans un ballon et leurs maillots noirs portent le deuil des joueurs mort-nés qu'ils sont. Chaque coup de sifflet attirait les protestations véhémentes de l'équipe pénalisée, sauf exception l'ARBM; dix joueurs s'agglutinaient autour de lui en hurlant. Trop lâche pour endosser la responsabilité d'une expulsion ou d'un penalty, l'arbitre en chef allait consulter les cafteurs en trottinant avec une veulerie non feinte, jetant des regards prudents en arrière et vers Gogo. Quoi qu'il décide les statistiques ne décollaient pas du cinquante-cinquante, comme pour les accidents de la circulation place de la Concorde à Paris : la moitié des tribunes applaudissait sa décision, l'autre le huait; le phénomène se reproduisait à l'identique dans les tribunes sud-est et sud-ouest du séjour des Planchon.

Hors ces épisodes dynamiques, Éric trouvait les parties ennuyeuses et les commentaires lamentables. Le journaliste sportif se contentait de dire ce que tout le monde pouvait voir, un tel passe le ballon à un tel qui le redonne à un tel. Un travail pas compliqué, il suffit de cramponner l'auditeur jusqu'au bout en criant à l'exploit ou au tournant du match dès qu'une équipe réussit trois passes d'affilée. Il est vrai que même la médiocrité requiert un savoir-faire; les médiocres professionnels font tourner le monde, après on s'étonne qu'il ne tourne pas rond. Éric s'occupait en calculant de tête toutes sortes de paramètres en précurseur méconnu des statistiques appelées à proliférer quelques années plus tard. Il l'ignorait alors, les nombres, les pourcentages constitueraient un élément central de son parcours professionnel.

Les agressions entre supporteurs apportaient de la variété. Ils étaient immunisés contre les trilles et les cartons de l'arbitre mais pas contre les interventions des CRS. Le père approuvait en grognant les forces de l'ordre, en tout domaine il savait reconnaître les bons professionnels. Il appréciait à sa juste valeur leur art plein de nuances, dépositaire de l'antique tradition consistant à donner la bastonnade selon le rang et la faute du récipiendaire. Il faut savoir doser son effort, frapper juste, faire preuve de discernement. C'est important, le discernement, expliquait-il à Éric en lorgnant à demi vers sa femme, c'est comme la vigne, il faut sulfater ni trop ni trop peu. Un voisin, policier retraité, lui avait expliqué les subtilités du métier, le maniement de la gomme à effacer le sourire. Un père de famille énervé se calme d'un coup de trique pédagogique sur les cuisses ou le bas du dos. Le supporteur qui se jette sur un représentant de la force publique appelle une réplique avec dommages collatéraux. S'il s'agit d'un hooligan qui veut casser du flic il peut être fini à coups de rangers dans la tête, ils aiment ça, surtout les skinheads. Les triques, officiellement bâtons de défense, sont les héritiers adoucis de la matraque originelle dite *bidule,* casse-tête en bois dur.

Casqués de bleu, honnis et inefficaces comme les forces onusiennes, parcourant les travées à petites enjambées, les CRS semblaient de prime abord vouloir calmer les meutes glapissantes, leur rappeler le règlement intérieur du stade. Le dialogue avait du mal à s'instaurer, ils finissaient par lancer eux aussi des fumigènes, blancs, brouillardeux, très différents de ceux festifs, colorés des supporteurs. Cette pâle fumée sentait l'administration mise au plein air, l'âcreté corrosive des bureaux. Elle frottait les yeux des excités au papier de verre, emplissait leurs bronches et poumons de molécules traîtreusement combinées pour former du chlorobenzylidène malononitrile à 0,22 %. Alors la résistance s'organisait, des cornes de brume appelaient au combat. On voulait gâcher leur fête, pervertir leurs coutumes, transformer les rencontres de l'ARBM en soirées Scrabble ? Face à l'ennemi public les ultras des deux camps scellaient une trêve tacite pour contre-attaquer à coups de pommes, de bananes, de chaussures, les canettes disponibles ayant déjà été lancées sur les arbitres. Les forces de l'ordre se repliaient rapidement, on pouvait alors penser qu'elles partageaient cette stratégie avec l'ARBM. Que nenni ! Elles appliquaient la leur, mesquine, sans panache, typiquement administrative : repérer les meneurs qu'ensuite elles allaient chercher en petits raids vengeurs. Elles ramassaient les plus amochés pour les évacuer et, en passant, amochaient ceux qu'elles souhaitaient évacuer.

On n'était pas à l'Opéra, on ne s'ennuyait pas, tout le monde participait, le foot est un sport populaire. La fête s'étendait parfois au lit conjugal. Excités par l'ambiance électrique de la rencontre, oubliant leurs rancœurs ou s'en servant pour ensauvager la chose, Arlette et Robert se jetaient l'un sur l'autre.

– Hou !! Mais y a une main là hein !!

– Une main ? Mais non, pas du tout !!

– Mais si mais si, je l'ai bien sentie la main là !!

– Ah bon, tu es sûr ?? Oui ?? Alors y a pas à tortiller, y a penalty, vas-y Robert ! Plante-le-moi ce penalty et sans finasser hein, en force, bien entre les poteaux !!

– Attends un peu je me concentre, tu vas voir si je te le mets pas dedans !!

– Uuuuhh !! Râââàhh !!!

– Chut Arlette !!

– Quoi chut !! Le petit dort déjà ! De toute façon même s'il entend il comprendra rien, à cet âge c'est pas encore vicieux, c'est pas comme toi hein cochon de Planchon. Uuuuhh !!! Tu me l'as bien dépoussiérée la lucarne là !!

– Tu la veux ta prolongation hein ! T'inquiète tu vas l'avoir !!

– Oui !! Oui Robert !! Vas-y double-moi ça, vas-y bordel, tape dedans !!

C'était là une variante charnue des paroles de « L'été indien » : et l'on s'aimera encore lorsque l'amour sera mort.

Chez les Planchon le samedi constituait une zone mouvante telles ces franges lacustres, ces rives boueuses où s'aventurèrent les premières créatures aquatiques tentées par l'aventure, portées par de nouveaux appendices, équipées de branchies ouvertes à un nouveau mode respiratoire. Éric s'attelait à ses devoirs puis se faisait oublier dans sa chambre ou au fond du jardin, installé dans une vieille chaise longue en osier. Pour autant sa jeunesse ne fut pas un ténébreux orage traversé çà et là de brillants soleils, le tonnerre et la pluie n'y firent pas un tel ravage qu'il restât en son jardin bien peu de fruits vermeils, non, quand même pas, elle fut pagnolesque plus que baudelairienne.

Infatigable car passionné, Planchon s'occupait de sa bien-aimée légion de muscats d'Alexandrie et du petit potager où courgettes, aubergines, oignons, ails, échalotes, tomates s'engraissaient de terre et de lumière. Thym, romarin, sauge, sarriette menaient leur quiète ascèse au fond du jardin. Ces temps légumiers prirent fin à l'arrivée du tri sélectif. Dès lors Arlette acheta la ratatouille industrielle du petit supermarché pour le plaisir d'offrir un bocal bien nettoyé au Vert, son couvercle dûment récuré allant au Jaune. Elle encourageait Éric à préférer cette ratatouille de professionnels à celle de son père, une mixture d'amateur. Ayant par nécessité atteint l'âge de raison bien avant ses sept ans, Éric mangeait des deux en prenant soin de ne pas les mélanger dans son assiette et ne laissait paraître aucune préférence bien que la paternelle soit incomparablement supérieure. En ces débuts de week-end, les nuages s'accumulaient dès le milieu de matinée. Arlette patrouillait nerveusement, Planchon grattouillait la terre autour de ses ceps à une petite trentaine de mètres des lauriers-roses. Le voir manier son rabassier avec une délicatesse quasi amoureuse la rendait dingue, quand il s'agissait de nettoyer le pourtour des lauriers-roses il t'expédiait ça avec la même efficacité indifférente qu'il appliquait en semaine aux vignes de son patron. L'orage éclatait le dimanche lorsque L'autre d'Alexandrie avait le culot de s'incruster chez lui. De plus, Arlette était privée du Treize heures deux jours d'affilée. Si l'absence est une condition de la présence dans toute son intensité et permet d'apprécier le retour de l'être aimé, il faut quand même pas pousser ! Elle comprenait que même Jean-Pierre ait besoin d'une pause mais pourquoi ne pas programmer une compilation de ses plus beaux sourires ou de ses plus belles cravates car il avait le don de l'assortiment parfait, une élégance innée et toujours en lien avec son sujet du jour. Une cravate bordeaux lorsqu'il présentait un terroir viticole, bleu azur pour les reportages méditerranéens, safranée lorsqu'il apprit à nombre d'auditeurs les richesses insoupçonnées du Quercy où se cultive cette précieuse épice, une cravate en laine pour un mémorable direct depuis le Larzac, noire les jours de déraillement, d'incendie, de crash d'avion. Mais ses préférées restaient les cravates à rayures. Périlleuses à assumer, elles étaient comme domptées par le sourire envoûtant de Jean-Pierre et, pour peu que l'on soit curieux, aussi chargées de symboles et d'histoire que des armoiries car Jean-Pierre était un chevalier des temps modernes. Ce qui gâchait le plaisir d'Arlette, c'était la main très probablement féminine payée pour le coiffer, le poudrer, ajuster son nœud de cravate avant son entrée en scène. Cette coiffeuse-maquilleuse jouissait de privilèges extravagants, à vous dégoûter de payer la redevance télé ! Quant à son épouse, ses enfants, elle n'en voulait rien savoir. Elle ne leur souhaitait pas de mal car cela aurait déchiré

Jean-Pierre. S'ils contribuaient au bonheur de leur père et mari, eh bien soit ! Le grand amour est magnanime ou n'est pas.

Le dimanche, percevant le changement d'atmosphère, les mouches bourdonnaient nerveusement, même l'araignée du lustre filait doux. À midi Planchon démembrait le poulet-frites réglementaire en regardant le récapitulatif de la soirée de championnat, commentait chaque but d'un claquement de lèvres qui tapait sur les nerfs de sa femme, misophone et planchonphobe. Chacun avait sa chaise attitrée, pas question d'intervertir des sièges formés au fil des ans aux morphologies du couple tragique, celle d'Éric étant bien sûr en constante évolution. Il n'empêche, il avait sa chaise à lui comme un pilote son baquet moulé à ses formes. Celle restante était poussiéreuse mais neuve, prête à rendre service au cas de défaillance de l'une de ses congénères, celle de la mère étant de loin la plus sollicitée. Reprenant la configuration cardinale des soirées football, les Planchon regardaient ensuite une émission dite de divertissement où un animateur à la longévité stupéfiante ressemblait à sa copie du musée Grévin plus qu'à lui-même. Arlette ne pouvait s'empêcher de le comparer à Jean-Pierre, donc à le dénigrer, le traitant de momie mitée, ça énervait Planchon qui lui l'aimait bien comme on aime un vieux meuble parce qu'on l'a toujours vu là et qu'on ne s'y cogne pas. Planchon rétorquait qu'il était d'un autre calibre que le Pernaut. Arlette blanchissait de colère, c'était parti, ils s'engueulaient un bon coup avant de claquer la porte chacun à son tour, finissant de traumatiser les mouches qu'on aurait tort de croire insensibles, tout comme les chats elles détestent l'agitation. Certaines, désorientées, se trompaient de couloir aérien et finissaient dans les rets arachnéens qui emmaillotaient le lustre à six douilles et trois ampoules. D'autres, devenues folles, se mettaient à tourner en sens inverse des aiguilles d'une montre.

Le dimanche soir servait de voiture-balai. Il y avait du poulet aux frites tièdes et une nouvelle émission sportive avec les mêmes buts qu'à midi, marqués la veille, définitivement défraîchis. Une apathie collective remplaçait la tension, chacun piochait dans son assiette en silence. Éric servait de plaque tournante, passait le pain à l'un, la carafe d'eau à l'autre. De tempérament sain, il ne profitait pas de sa position pour soutirer quelque avantage en jouant sur les deux tableaux. Sa neutralité générait un relatif pôle de stabilité. Il apprit à vivre sa vie dans les marges parentales, plus tard fit de même dans sa vie professionnelle, ne se mêlant pas des intrigues de bureau. De même vivrait-il en marge au sein des différents couples qu'il formerait au cours de son existence. La chose n'emporterait jamais l'enthousiasme des intéressées.

Outre leur détestation mutuelle qui les liait comme le pirate à son crochet ou à sa jambe de bois, Planchon et Arlette partageaient la crainte de malheurs bien spécifiques. Pour l'un, une maladie assassinant ses muscats d'Alexandrie, pour l'autre l'absence de Jean-Pierre au Treize heures. À côté de ces deux maux majeurs menaçait toute une kyrielle d'accidents de la vie d'autant plus angoissants qu'aucun ne survenait, laissant craindre le pire le jour où ça arriverait, après une si longue germination. Conformément aux canons tragiques des Grecs, le désastre devait arriver d'où on ne l'attendait pas. Ainsi tournaient-ils lentement sur eux-mêmes dans une lente et triste rotation de meule à broyer les jours, les années, l'existence même. Arlette supportait difficilement Planchon qui ne supportait rien. Elle avait pourtant été joyeuse dans le temps mais ses rires s'étaient raréfiés avant de changer de nature, se rapprochant du ricanement de l'hyène. Elle avait progressivement renoncé à vraiment exister hors du mince créneau pernautien, cet îlot de trente minutes perdu dans l'océan des journées. Seuls Jean-Pierre Pernaut et le tri sélectif la maintenaient en vie, d'une vie artificielle, circonscrite mais survitaminée dans sa sphère d'exercice, alternant phases d'abattement, dévoration télévisuelle, rêveries prolongées et sprints vers les containers. Quant à lui, il travaillait les vignes patronales en silence, soignait ses muscats en chuchotant Dieu sait quelles tendresses inavouées, entretenait son potager en se ménageant de petits repos sous la tonnelle couverte de glycine au printemps, au fond du jardin. Là, tranquille, il feuilletait le catalogue Manufrance, examinait les caractéristiques techniques d'outils, d'armes, d'engins motorisés, de vêtements professionnels, d'ustensiles et appareils les plus divers qu'il ne commanderait jamais sauf un tricycle, une bicyclette pour le Noël ou l'anniversaire d'Éric, un ciré pour lui, un couteau électrique orange qu'Arlette utilisait deux fois l'année pour un gigot d'agneau, un bracelet plaqué or qu'elle conservait malgré tout car offert juste avant l'arrivée d'Éric pour faire passer la pilule. Ou par amour, un amour à la Planchon, allez savoir. Elle aussi aimait lire les notices, mais celles des médicaments, leur composition et surtout leurs effets indésirables qui au fil des années lui semblèrent reliés de façon souterraine à Planchon. Grande consommatrice d'aspirine effervescente, elle aimait contempler le cachet se désagréger en bulles pétillantes ; si Éric traînait dans le coin elle lui disait, Tiens, viens voir les bulles. Petit, Éric adorait regarder les bulles avec sa mère, il appelait ça « faire la fervescence ».

Les vacances possédaient leur propre dynamique, surtout les plus longues, celles d'été. Contrairement aux orages dominicaux, prévisibles et somme toute modérés, ne serait-ce que par leur intégration à la routine familiale, les estivaux survenaient avec la soudaineté et la violence d'un coup de grisou. Transformées en un seul et interminable dimanche caniculaire, les journées faisaient suffoquer comme un gaz, un gaz de combat perdu. Dès les premières chaleurs un sale levain gonflait le village où tous périssaient d'ennui sauf les quelques clients du camping, des Hollandais virant vite à l'écrevisse, des Allemands qui vidaient les caisses de bière apportées par camion, quelques Français à l'accent pointu dont les luxueux camping-cars valaient davantage que le pavillon de la rue de la Tramontane. Eux, tout les enchantait, même les chiens pouilleux, les chats borgnes, les ruelles tordues autour de l'église, le monument aux morts, les vignes à l'infini, la ligne bleue des Cévennes, le cimetière et ses cyprès tout noirs. À une quinzaine de kilomètres de Plaissac les estivants affluaient en masse dans les stations balnéaires pour se jeter dans l'eau, même les méduses ne décourageaient pas les épidermes déjà rissolés par un soleil brutal. Les nudistes de toute l'Europe transhumaient jusqu'au Cap-d'Agde où des théories de fesses, de testicules et de poitrines embouteillaient les petits supermarchés dédiés, tout ça tressautait au rythme des vélos, des tandems et des voiturettes à pédales. On repérait les amateurs de cyclisme à leurs postérieurs marqués d'une tache blanche en forme d'écusson comme celle au cul des cerfs de Virginie. Médecins et infirmiers locaux s'étaient au fil du temps spécialisés dans des blessures et contusions spécifiques au naturisme, tout comme leurs confrères des stations de ski dans les fractures, entorses et luxations. Après un effet de sidération sur le profane initié sans précaution, ces organes itératifs, ces chairs redondantes s'annulaient par leur masse et leur nombre ainsi que des océans les vagues incessantes.

La plage, les Planchon n'y allaient jamais. Il aurait fallu prendre le bus, c'était compliqué, enfin pas très compliqué mais il fallait rouler quinze kilomètres puis chercher un rectangle pour y poser sa serviette ainsi qu'on cherche une place dans un parking de supermarché un samedi après-midi. Seule l'existence d'Éric exigeait qu'ils inventassent un motif à peu près recevable par un enfant de onze ans, lequel par bonheur n'était pas de la race maudite des geignards comme le morveux du maire, Tel père tel fils, marmonnait Arlette. Et puis on apprend à nager à tout âge, il va pas se noyer à Plaissac ce petit! s'accordaient à dire le père et la mère. Car Planchon travaillait dehors toute l'année, alors les jours de repos il préférait sommeiller au calme dans l'ombre de sa tonnelle après avoir feuilleté son catalogue Manufrance. Parfois il s'essayait à reproduire l'un des innombrables produits, piège à taupe ou scie sauteuse, canoë ou télescope, barbecue ou tondeuse pour chiens. Ses doigts malhabiles à manier un crayon à force de serrer des manches d'outils trouvaient d'étonnants raccourcis qu'il dédaignait ; homme des voies balisées, il s'ignora homme des chemins de crête. Bien des années plus tard Éric se découvrirait une capacité imaginative d'un autre type, lointaine cousine de celle restée inexploitée de son père qui dessina sous sa tonnelle sans jamais prendre au sérieux ses jaillissements graphiques. Quant à Arlette, elle n'aimait guère quitter la quiète pénombre du séjour sinon pour tirer des bords entre lauriers-roses et containers, d'autant que les grandes chaleurs donnaient des mouches au Gris et qu'elle n'aimait pas ça même si c'était la preuve qu'on lui avait donné les bons déchets, bien sûr mélangés à du verre et du plastique, les sagouins pullulaient dans ce quartier, sans compter les touristes, Je te foutrais tout ça au tribunal pour leur expliquer la vie moi ! Éric n'apprit donc jamais à nager bien qu'habitant à équidistance de la mer et de la piscine municipale de Béziers. Même après avoir assimilé les bases de la brasse, quelques années plus tard, plages et piscines lui resteraient lointaines, des lieux substantiellement étrangers. Si les Planchon avaient habité

Chamonix, il n'aurait su ni skier ni même glisser sur une luge.

Question distractions, il avait le choix entre regarder passer les voitures sur la nationale 113 en leur crachant dessus depuis un pont avec des branleurs de son âge ou les regarder passer en gardant sa salive pour arbitrer le concours. Il se distinguait par des jets minables, à faible pression, jalousait les longs jets et les grosses glaires des champions locaux qui explosaient sur les pare-brise (trois points), sur une visière de casque (cinq points), sur une estafette de la gendarmerie de Pézenas (vingt points). Il relativisait néanmoins la chose, bien cracher ne constitue pas un avantage décisif dans la vie. C'était un petit talent à ne pas négliger mais il nécessitait une configuration bien particulière, fugace, peu exploitable contrairement à sa capacité à donner de tête les statistiques d'une rencontre de football. Cela renforça sa faculté à ne pas accorder trop d'importance à des choses mineures même distrayantes. À ses yeux les muscats paternels, Pernaut et les containers maternels relevaient de cette catégorie subalterne, quoique existentielle pour les intéressés. Il savait bien qu'il s'agissait là de passions d'un autre ordre, elles ne remettaient pas en cause leur amour pour lui ; mais alors pourquoi ces accès de mélancolie songeuse lorsqu'il se recroquevillait dans son lit, au bord du sommeil comme au seuil d'un interminable tube digestif où son enfance transitait tant bien que mal? De là sans doute sourdraient plus tard des phrases puis des livres.

À la fin de son adolescence Éric connut enfin la mer, pas pour s'y baigner mais pour travailler durant ses vacances d'été dans un restaurant du Cap-d'Agde. Bien situé, en bordure d'une route très fréquentée en saison, Le Cerf Radieux se repérait de loin. Peut-être inspiré par la silhouette de taureau en métal noir plantée en bordure de la nationale 113 dont les flancs indiquent les dates de la feria de Béziers, le patron n'avait pas lésiné : une immense tête de cerf en résine couleur caramel suspendue à cinq mètres du sol au bout d'une potence, aux gros yeux rouges qui clignotaient à la cadence de feux de détresse. Avait-elle été acquise auprès d'un parc d'attractions failli car trop proche d'une esthétique impossible ailleurs qu'à Las Vegas ? Mystère. La région ne recelait pas de cervidés, le restaurant ne proposait aucun plat de gibier et les Bridet disparaîtraient bien des années plus tard en emportant leur secret dans la tombe. Lorsque

Éric le vit pour la première fois, une ampoule oculaire avait grillé, l'animal semblait lui adresser une série de clins d'œil quasi égrillards. Il fallait prendre du recul pour s'apercevoir que les bois de l'animal, très courts à cause des lignes électriques tendues juste au-dessus, étaient disproportionnés comme les yeux mais en sens inverse, ils ressemblaient plutôt à ceux d'un chamois. En quoi cette tête de cerf était-elle radieuse ? Autre mystère. L'inquiétant retroussis de ses babines passait difficilement pour un sourire, et d'ailleurs les cerfs ne sourient pas. Dans tous les domaines l'Hérault suscitait bien des questions sans réponse et les successifs préfets des Danaïdes quittaient leur poste avec soulagement.

La carte du Cerf Radieux était raisonnablement scandaleuse pour l'endroit et la saison. Les tarifs tenaient au large le touriste soucieux d'optimiser son pouvoir d'achat dans cette station balnéaire où du côté sud stagne la mer, plate, tiédasse, au nord s'effrite une masse de béton découpée en immeubles à grands coups d'angles droits, eux-mêmes compartimentés en appartements bordés de minuscules terrasses semblables à des gouttières. Même la mer ne parvient pas à soulager les douleurs oculaires causées par ce jus cristallisé de camions-toupies devenus fous. Eau et béton sont séparés par une bande de sable où des vendeurs de beignets enjambent des centaines de dos irradiés à différents degrés, des hectares de peaux transformées en bouillons de culture pour cancers et mycoses. Et, scotché au-dessus, un soleil sans imagination, toujours prêt, toujours là. Le soir c'est la ruée vers le rut enrobé de décibels dans les discothèques dont les rejets de capotes usagées, translucides, visqueuses, concurrencent les méduses échouées, sans doute empoisonnées. Le lundi, les pics d'activité du week-end obligent à s'éloigner de quelques dizaines de mètres du bord pour nager sans avoir un goût de caoutchouc, ou pire, dans la bouche.

Passé le portail, peint avec le même caramel que celui de l'enseigne cervidée, s'offrit à Éric un petit jardin méditerranéen où des résineux envahis de chenilles processionnaires proposaient deux rangées de barbes à papa. Incarcérés dans des pots en plastique imitant la terre cuite, des oliviers à la croissance contrariée tentaient de ressembler à des arbres. Des massifs de lavande serraient les rangs pour faire place à un amas de roches volcaniques couvertes d'escargots en position de sieste, volets tirés. Quelques papillons voletaient pour tenir compagnie à des abeilles désemparées qui pressentaient l'engueulade lorsqu'elles rentreraient à vide, la grosse soufflante à propos de quotas non remplis, de sens défaillant du collectif, d'embourgeoisement du vol. Était-ce leur faute si les fleurs à nectar se faisaient rares, remplacées par des végétaux d'ornement, et si l'odeur piégeuse des crèmes solaires les épuisait en trajets improductifs ? Certaines avaient des ampoules sous les ailes, déprimaient, on entendait des bourdonnements séditieux, il s'agissait de trouver une reine compréhensive, faire sécession, partir fonder une ruche plus lucrative dans l'arrière-pays où abondent les variétés mellifères, de quoi faire sa pelote sans stress. Une escouade de cactus tenaient la face sud d'un muret où un lézard galopait ventre à terre.

Bridet était un petit homme rond, compact, avenant. Il ne ressemblait pas à un patron mais à une otarie au sortir du bain. Éric fut accueilli comme un neveu ou un pensionnaire. Bridet faisait du management sans le savoir, préférant faire adhérer au projet au lieu de botter les fesses. Et puis il aimait être aimé plutôt que redouté, admiré plutôt que subi. Les murs du restaurant et de son bureau disparaissaient sous des photos, d'anciennes coupures de journaux, on l'y reconnaissait en lanceur de poids, en pleine action ou perché sur un podium, une coupe à la main, une médaille autour du cou, un bouquet dans les bras. Mains dans le dos, Éric suivit pas à pas son futur patron. Une vitrine conservait les pièces à conviction : quelques trophées, des diplômes, des maillots et survêtements floqués Association sportive de Béziers, des shorts comme on n'en fait plus, une ceinture de force, trois paires de chaussures, une serviette-éponge dans son jus et un poids. C'était là le dernier poids officiellement lancé par Bridet aux championnats du Languedoc-Roussillon en 1973, à 17,56 mètres. Tous deux restèrent bien cinq minutes à contempler la boule historique. La serviette, elle, gardait trace de la transpiration victorieuse de cette même année. C'était le saint suaire de Bridet.

Éric eut droit à la totale, visite de la cave au grenier. Bridet commentait les photos en journaliste sportif qui fait une rétrospective de la carrière de son athlète favori, parlant de lui à la troisième personne avec un souci d'objectivité, soulignant ses qualités (la puissance, la concentration, le mental), les points perfectibles (la technique de rotation) mais surtout son maillon faible (la raideur du poignet). Ce maudit poignet fut son talon d'Achille, le point de rupture de son ambition mais aussi le témoignage de sa volonté hors du commun car il vainquit malgré ce handicap majeur. Il demanda à Éric s'il était bien droitier, testa la mobilité de ses articulations, soupira en lui disant qu'il ne connaissait pas sa chance même s'il était taillé pour le demi-fond et non pour les lancers, du coup la souplesse de ses segments supérieurs ne lui servirait à rien mais on pouvait supposer que ses chevilles possédaient la même flexibilité, tout est lié. Éric découvrirait plus tard que Bridet appliquait une certaine flexibilité à la tenue de ses comptes, ce qui lui vaudrait de très raides redressements fiscaux, tout est lié.

Bridet ne vanta donc pas ses performances mais celles de l'athlète, du lanceur de poids Bridet, licencié à l'Association sportive de Béziers, cinq fois champion du Languedoc-Roussillon, cinq ans de règne balistique local. Il parvenait à s'analyser avec une auto-distanciation rare, insistant sur ce fichu poignet qui sabotait la puissance développée par ses dorsaux, laquelle partait de ses pieds solidement enracinés dans le cercle de lancer, s'amplifiait par la rotation (sans doute un poil perfectible) des hanches et se traduisait par une propulsion partiellement sabotée par ce putain de handicap, sans lequel il aurait pu lancer au-delà de la région Languedoc-Roussillon, voire au-delà des frontières nationales vu sa force brute, phénoménale. Il demanda à Éric de constater par lui-même combien ses tendons restaient raides malgré les innombrables séances d'assouplissement qu'il s'obstinait à poursuivre car il n'était pas homme à renoncer et c'était là le dernier lien le rattachant à sa carrière sportive. Son poignet constitue ses muscats d'Alexandrie à lui, songea Éric en connaisseur.

Bridet insista aussi sur la probité qui avait concouru à le priver d'un plus glorieux destin. Ni stéroïdes ni hormones de croissance, que du blanc d'œuf, des pâtes, du riz, des tonnes de fonte soulevées et l'amour du beau jet, lorsque le poids dessine une trajectoire défiant les lois de la pesanteur parce que chaque fibre musculaire, chaque tendon se souvient en même temps des gestes répétés à l'entraînement mais aussi des sacs de charbon portés par les ancêtres auvergnats, ces bougnats dont les portages de sacs emplis de boulets, de coke ceux-là, s'ennoblissaient non seulement de la lumière et de la chaleur qu'ils contiennent en germe mais aussi de leur transsubstantiation future en poids de sept kilos deux cent soixante grammes. Leur héritier s'emploierait à combattre les forces gravitationnelles avec le même courage, la même abnégation qu'eux, ses glorieux aïeux, avaient mis à combattre la misère, les escaliers raides des caves, la lourdeur de leurs poussiéreuses charges, à assurer leur tâche obscure de Morlocks. Bridet soupçonnait cette fichue raideur d'être héréditaire, fierté généalogique mais aussi malédiction léguée par des générations ayant transporté d'innombrables sacs de charbon à la force du poignet. Il ne reniait pas ses origines, des tripoux figuraient au menu du déjeuner chaque jeudi, le petit salé aux lentilles selon l'humeur du chef et ses plateaux de fromages n'omettaient ni le cantal, ni le bleu d'Auvergne, le saint-nectaire, le salers ou la fourme. Par contre, ses grillades se faisaient au sarment de vigne et non au coke.

Bridet s'attarda devant les clichés mettant en valeur sa bosse, un petit monticule de muscles propulseurs et hargneux déformant le maillot rouge et bleu de l'ASB. Éric appréhenda qu'il lui demande de palper ce qu'il en restait ou tente de trouver les siens, inexistants, raison supplémentaire de se mettre au demi-fond bien que le bas soit tout aussi peu musculeux que le haut. Avec le temps cette bosse avait fondu pour se reconstituer mollement au niveau de la bedaine, ce qui sied à un restaurateur d'âge mûr, la clientèle étrangère n'aime pas les restaurateurs maigres, surtout les Allemands. Dans le bureau directorial, circulaire comme une aire de lancer, Éric fut cerné par une foule de Bridet photographiés dans diverses postures, pareils à une girouette en ses positions successives. Ce fut comme un jour du patrimoine, une journée portes ouvertes dans la carrière sportive de Bridet. Un poids gravé à son nom servait de presse-papiers, cadeau de son ancien club.

C'est toujours étonnant, une passion, vue de l'extérieur, Éric était payé pour le savoir. Surtout pour balancer une boule dans la boue car nombre de photos montraient Bridet sous la pluie comme si les compétitions de poids se programmaient de préférence par temps humide ou bien déplaisaient aux anciens dieux de l'Olympe, mis à la retraite mais toujours là et nostalgiques des lanceurs de poids à l'ancienne ou irrités des performances contemporaines. Si on y réfléchissait trois secondes, ce que s'autorisa Éric, il n'y a guère que le lancer de marteau pour rivaliser en connerie avec celui de poids. Le javelot semble moins pire car son sillage draine tout un imaginaire de films et bandes dessinées. Il y aurait bien la pratique du parcours de santé en forêt pour le concurrencer mais ce n'est pas un sport. Bref, Éric se découvrit un éphémère et diplomatique intérêt pour le lancer de poids. Après le commentaire de la dernière photo, témoignant de son ultime jet enregistré, Bridet lui tapota fermement l'épaule. Ni manchot ni demeuré, capable d'un silence respectueux devant un passé glorieux, Éric fit l'affaire. Comparés au lancer de poids, l'assister dans la comptabilité du Cerf Radieux et donner un coup de main en cuisine seraient une plaisanterie. Il ne faut ni bosse dorsale, ni technique de rotation, aucune ambition antigravitationnelle, juste ne pas rechigner à la tâche et fermer les yeux sur la légitimité de l'honnête chef d'entreprise à rectifier les injustices d'une fiscalité inadaptée en général, aux spécificités héraultaises en particulier, à la restauration singulièrement, au Cerf Radieux ça va de soi.

Bridet lui fit brièvement visiter le restaurant, la réserve et le raccompagna dans le champ de vision du Cerf Radieux, saisissant au passage des melons dans un cageot. Usant de rotations à visée pédagogique, pas trop explosives, il les propulsa dans le massif de lavande où les abeilles se demandèrent si on les croirait, au QG, quand elles justifieraient l'échec de leur mission par un bombardement de melons, en plus d'une pénurie généralisée de pollen. Elles risquaient d'être mutées dans un champ de betteraves sucrières avec suppression de leurs bonus. Vos primes de vol ? Je vous les sucre pour trois mois renouvelables si les résultats ne suivent pas ! dirait la responsable de l'approvisionnement avec son détestable humour. Va falloir se bouger l'abdomen hein !

Estimant que sa cotte de mailles ne le protégerait pas de cette attaque à la catapulte, le lézard disparut dans une fissure.

Éric débuta deux jours plus tard. Son père lui avait recommandé de faire honneur aux Planchon, une famille de bosseurs durs au mal, honnêtes et appréciés. Sa mère lui conseilla de connaître l'avis de son patron sur Jean-Pierre Pernaut, ça classe son homme. Quant au respect des consignes de tri, qu'il dénonce ce Bridet si nécessaire, le bien public avant tout.

Adepte de la musculation et des vêtements aux couleurs fluo, Jérôme, le cuisinier du Cerf Radieux, se déplaçait en balançant ses bras à contretemps comme s'il boitait du torse, primate fraîchement converti à la bipédie. Sinon, le brave type. Et il y avait Laura. Même les clients peu portés sur les femmes l'étaient sur Laura. En la voyant tous les fantasmes d'Éric se décomposèrent, maigres machinations d'un cerveau soudain vaporisé par une réalité propulsée en trois dimensions et parfumée. Ni Plaissac ni même Béziers ne l'avaient préparé à pareil choc ! Elle ne marchait pas à plat sur des tongs comme les estivantes, bêtement, pour avancer, mais sur des talons hauts dont les claquements sur le carrelage érotisaient l'air ambiant. Blonde aux yeux de brune, elle évoluait avec un naturel et un sourire qui désamorçaient les jalousies féminines, alimentaient le pot commun des pourboires et faisaient passer les approximations culinaires de Jérôme. Deuxième dan d'aïkido, elle retournait les doigts insistants aussi bien que les cœurs. Malgré ses sept ou huit ans de handicap et son inexpérience absolue, soudain pris d'une hubris qu'on eût pensée impossible chez ce garçon sobre et mesuré, Éric songea à tenter sa chance dès qu'il le pourrait. Comment s'y prendre, il n'en avait pas la moindre idée. Ayant vite sympathisé avec Jérôme, il s'ouvrit à lui de ses ambitions. Avec un sourire fraternel quoique cruel, accompagné d'amicales quoique ironiques tapes sur l'épaule, Jérôme le lui déconseilla. Tu penses bien que j'ai déjà essayé et si même moi j'y suis pas arrivé, alors toi nada ! Pas même en rêve hein ! Mais bon, à toi de voir, ça me distraira de te regarder faire ! Et puis y a bien un truc qui dit aux innocents les mains pleines ; en parlant de mains, gaffe à l'aïkido, Laura elle te pète trois doigts comme qui rigole.

Éric et la gent féminine étaient tristement complémentaires, un peu comme un pare-brise et l'insecte qui s'y écrase. Jeune, il ne faisait pas très jeune ; devenu adulte, il semblerait figé à un âge médian ; vieil homme, protégé du grand âge par une matérialité défaillante, comme si le temps lui passait à travers sans s'y arrêter. Il ne s'agirait pas de cette anonymisation propre à la vieillesse, de cette usure des ans qui transforme les corps en uniformes d'os et de peau, mais d'un destin, et l'on sait que le destin a ses raisons que la raison ignore. Malgré l'exemple de Jérôme et ses conseils, ses explications détaillées de stratagèmes divers, il ne sut pas s'y prendre avec les estivantes juillettistes, toutes pourtant infiniment plus accessibles que Laura à laquelle, revenu à la raison, il avait renoncé. Il s'y prenait mal avant même de s'y prendre. Sans être déplaisant de sa personne, il avait trop intériorisé son devoir de neutralité. Adapté au conflit infrafamilial, à un territoire bien délimité, celui-ci devenait un boulet dans les opérations extérieures menées en des contrées peu connues. Autrement dit, Éric ratissa les estivantes et se prit râteau sur râteau.

Jérôme aurait dû pâtir de sa démarche préhumaine, elle renvoyait au contraire l'image d'un mâle primaire, sûr de lui. Rusé, plein de bagou, il jouait avec un certain brio de la renommée de la cuisine française ; ainsi sa formation au lycée professionnel de Béziers devenait-elle parisienne aux côtés de chefs multi-étoilés, il la revisitait comme il était censé revisiter la cuisine provençale dans le soi-disant laboratoire culinaire du Cerf Radieux. Il baratinait les touristes, leur expliquait les astuces des grands chefs, inventait des anecdotes, peaufinait au fil des saisons celle où il avait éteint avec une bouteille d'eau pétillante l'incendie de Paul Bocuse dont le tablier avait pris feu. Son baratin enjoué faisait oublier que la carte du Cerf Radieux proposait surtout des grillades. Ses fameuses huîtres de Bouzigues en papillote, il les saisissait bêtement à la poêle avant de les fourrer dans du papier d'aluminium puis de gonfler celui-ci avec une paille. Cette frauduleuse cuisson permettait à Bridet de développer toute une théorie sur la « nouvelle cuisine provençale » qu'il promouvait dans son établissement. Le Cerf Radieux s'avéra être une réserve de champions, historiques ou potentiels, authentiques ou en toc. Bridet et son poids. Jérôme et ses étoiles. Laura deuxième dan quand même et sa beauté de possible Miss France. Ça mit une grosse pression sur Éric, il se sentit un rien intrus dans cet univers olympien. Et encore ignorait-il le passé de Mme Bridet.

Jérôme pilotait une Honda en simili-Harley-Davidson avec sacoches frangées, chromes aussi étincelants que la trancheuse à jambon du Cerf Radieux en début de journée, réservoir goutte d'huile, siège léopard capitonné, béquille latérale reproduisant un tibia. Il dégotait toujours une passagère à terroriser dans les virages où il utilisait les talus pour l'obliger à se serrer plus fort contre lui avant de revenir sur le bitume, laissant derrière eux un nuage de poussière et de hurlements aigus. Un bandana noir et un anneau d'oreille lui donnaient un côté pirate et, dans un roman, pourraient même expliquer sa démarche asynchrone par un sabre porté au côté, encombrant quoique bien sûr virtuel. Éric, lui, ne possédait aucune particularité propre à séduire les femmes, il le savait, le problème c'est qu'elles le savaient aussi. Réaliste, il revit ses ambitions à la baisse, resta englué au stade du chasseur-cueilleur nécessiteux tandis que Jérôme industrialisait son activité. Triste époque que le paléolithique, et longue, ça n'en finit pas ! Le mois de juillet s'écoula, août débuta, la nuit des étoiles filantes approchait mais Éric avait bien compris que lui n'était pas près de sortir des ténèbres adolescentes pour devenir un homme. Adepte des grands défis, Jérôme se jura de le faire dépuceler. Pour commencer, il lui conseilla de se présenter comme Luciano, ça passerait mieux qu'Éric. Lui-même substituait fréquemment Geronimo à Jérôme. Pas auprès des locales bien sûr, elles se foutraient de lui, ni des

Italiennes ou des Espagnoles, mais des non-Latines. Il lui expliqua que s'il ne baisait pas ici, alors il ne baiserait jamais, question de contexte. Éric flippa. En saison, développa Jérôme, le Cap-d'Agde devient l'annexe des pays scandinaves et les filles de ces pays elles sont pas coincées comme les nôtres qu'il te faut trois jours à mouliner avec souplesse pour les amener sur la banquette arrière, pire que pour un putain d'espadon, bref les Scandinaves un coup d'épuisette suffit, c'est à cause du choc thermo-différentiel. Je t'explique. Chez elles, dans leurs pays avec la neige, les rennes, les fjords et tout, ça gèle tellement qu'arrivées ici leurs hormones elles entrent en ébullition direct, affirma-t-il en se basant sur des études scientifiques et sur son expérience. Bien sûr il ne fallait pas être absolument cloche et assurer un minimum. Éric flippa à nouveau. Avec lui les hormones nordiques restèrent à la température d'un fjord. Question séduction, il lui aurait fallu un ravalement total des chromosomes pour passer dans le clan des plus aptes à la survie en milieu féminin.

Bridet exerçait son patronat avec bonhomie, il laissait gonfler son chiffre d'affaires en toute simplicité, presque par inadvertance. L'otarie a beau être un terrible prédateur, l'animal reste sympathique grâce à sa tête ronde, ses moustaches, ses mouvements onctueux, tout est dans la présentation. Non dénué d'humour, il faisait hurler de rire et de peur simulée les habitués en se mettant à l'improviste en position de propulsion, un large plat de fruits de mer en lieu et place d'un poids. Avec les huîtres de Bouzigues en papillote, une autre spécialité faisait la renommée du Cerf Radieux : le loup radieux, un loup sauvage fourré aux herbes, flambé au pastis. Bridet assommait la concurrence en ajoutant à ces deux têtes d'affiche un choix de vins à prix coûtant, un concept racoleur comme un taux d'intérêt. Après avoir décollé l'étiquette avec un sèche-cheveux il remplaçait une appellation Pays d'Oc par un en-tête plus seyant, un petit château bourgeois apte à s'asseoir auprès d'une addition de bonne famille. Les mauvais coucheurs parleront d'escroquerie. Tout de suite les grands mots ! Ce serait éluder la beauté du geste, la touche artisanale. Bridet grugeait le client sans penser à mal, à la bonne franquette. Frotté d'un peu de droit pénal grappillé dans la rubrique Faits et justice du journal local, il aurait rétorqué aux esprits tatillons que l'élément moral joue un rôle aussi important que les éléments légal et matériel dans l'infraction et que la moralité doit l'emporter sur des considérations platement administratives. Son raisonnement était, selon lui, imparable : 1/ le vin est un produit symbolique (thèse), 2/ je vends du symbolique (antithèse) donc 3/ le client en a pour son argent puisqu'il pense boire un bon vin (synthèse). S'il n'a pas de palais, c'est son problème. Les clients, majoritairement scandinaves, hollandais, allemands, n'y connaissaient rien, ni en vins ni en fromages ni en TVA ; boire du vin français sur une terrasse donnant sur des oliviers et des massifs de lavande justifiait l'addition présentée avec le sourire international de Laura.

En salle, les soirs d'affluence, en patron prompt à montrer l'exemple, Bridet tournait et tournicotait à plein régime. Il bourdonnait de table en table, s'entendait à merveille pour redresser un bouquet d'œillets dans son vase, lisser sur une nappe des cigales ou des feuilles d'olivier froissées, retenir son souffle, faussement suspendu au verdict du client qui goûte le bourgogne ou le côte-rôtie à prix coûtant en diluant un instant son regard dans le vide avant de lâcher, comme s'il y connaissait quelque chose ce crétin, Vous pouvez servir. De la confiture aux cochons, même si c'est du Merlot de la coopérative, pensait-il en remplissant les verres avec des mines de baryton russe. En ces moments il ressemblait plus que jamais à une otarie ; charmeur, il jonglait avec les clients les plus rébarbatifs, sachant les rendre aussi luisants qu'un galet qu'on fait sauter dans la paume avant de se le mettre in the pocket.

Le patron avait une patronne. Ancienne sauteuse de haies, Mme Bridet était le contraire d'une otarie. Elle semblait issue d'un bloc de poussière dégrossi à la va-vite, golem né du tripotage machinal d'une argile dépigmentée par un sculpteur absorbé par quelque pensée autrement plus impérieuse que la réalisation de cette commande sans intérêt. Éléonore Bridet absorbait la lumière comme un trou noir; si elle avait eu un passé stellaire, il n'en restait qu'un effondrement massif. Les photons s'enfonçaient douillettement en elle, ils devaient s'y sentir confortables car ils n'en ressortaient pas. Un observateur averti aurait pu déceler une certaine parenté avec Éric dans leur très faible impact visuel. Non seulement elle n'avait rien d'attrayant mais la laideur lui passait à côté. Une franche laideur a du caractère, elle s'affiche, s'assume, c'est à prendre ou à laisser. Il y a une beauté du laid comme il y a une laideur du beau. Disons les choses, la laideur n'existe pas chez les animaux, elle est propre aux humains, c'est la laideur morale. Éléonore Bridet traînait l'insignifiance d'un meuble de supermarché, une tristesse branlante transposée dans l'ordre du vivant. Comme l'enseigne du Cerf Radieux, elle était mal proportionnée. Si, somnambule ainsi que le laissaient supposer ses gros yeux bombés, rougeâtres, autre point commun avec l'animal, elle avait avancé les mains tendues devant elle, ses bras courts comme des jambes de statuette africaine l'auraient à peine précédée. La chose s'avérait particulièrement mystérieuse quand on connaissait ses performances passées sur le 400 mètres haies. Car si ses jambes, quoique plus longues que ses bras, ne l'étaient toutefois pas assez, le tronc par contre s'étirait à son aise. À l'époque, son entraîneur postulait un possible effet de balancier qui, joint à une technique irréprochable et à une vélocité remarquable, avait permis à Éléonore de souvent monter sur la plus haute marche du podium lors de compétitions dont certaines avaient vu Bridet porté lui aussi au sommet des honneurs malgré son boulet, comprenons son poignet. Autre caractéristique étonnante non élucidée, Éléonore courait d'autant mieux que la piste était lourde, imbibée d'eau, mais seulement dans l'Hérault. Elle courait plus vite sur une piste très dure dans ce département que sur une piste détrempée dans un département tiers de même que toutes ses concurrentes, mais pas toujours mieux sur une piste héraultaise très dure que sur l'équivalente à l'extérieur. Il lui fallait la conjonction biterroise et météorologique. Chacun de ces deux termes s'avérait nécessaire mais non suffisant. Éléonore n'était donc pas poussée à la performance par le public local ni par des conditions de course humides. Il s'agissait là d'une sensibilité particulière qui faisait son charme et ne fut pas pour rien dans la séduction qu'elle opéra sur Bridet. Ils partageaient le même maillot de l'ASB, le même bus pour se rendre aux compétitions, une même appétence pour les épreuves sous la pluie, quoique nettement moins exclusive pour Bridet, et bientôt partagèrent le même lit puis le même nom. La morphologie d'Éléonore et ses chronos en terrain humide héraultais l'avaient fait connaître sous le surnom de La Sirène du Mississippi. En effet, la rotation de ses courtes jambes et les impressionnantes gerbes d'eau ainsi générées évoquaient les roues à aubes des bateaux d'antan. La voir dans sa combinaison argentée fendre l'eau sur le tour de piste, bondissant par-dessus les haies tel un exocet survolant les flots, restait un spectacle inoubliable.

L'ex-Sirène devenue restauratrice apparaissait aux moments stratégiques, les soirs d'affluence, pour se poser derrière le tiroir-caisse où elle se donnait de l'air avec un éventail couleur brugnon. Au début on s'apercevait à peine de sa présence, tout au plus s'en doutait-on. Peu à peu, sous l'effet de la sonnerie du tiroir-caisse à l'ancienne, le mystère s'inversait, elle restituait les particules lumineuses emmagasinées avec un bonus, une double rangée de dents étincelantes comme une baignoire neuve. Éric ne sut jamais s'il s'agissait d'un dentier un peu trop passé au polish ou d'une dentition hors du commun. C'est alors que le nom de Cerf Radieux devenait incongru, la Biche Radieuse eût mieux convenu. On la savait économe et même un peu plus qu'économe. Elle venait d'un milieu modeste, d'une famille où avoir de l'argent ne se résume pas à une certaine façon de le taire mais à des chiffres sous d'autres chiffres avec à la fin un total.

Deux fois par semaine, dans l'appartement du premier étage, au-dessus de la salle de restaurant, elle recevait quelques comparses recrutées dans les petits commerces du coin. Groupées autour d'un guéridon, entourées de reproductions de peintures qui amplifiaient la laideur des originaux, ce groupe d'amies attendrissaient leur ennui commun de quelques gouttes de porto, leurs ennuis particuliers d'un petit muscat de Frontignan. Pas de quoi susciter les grands claquements de voile des apéros anisés, le vide-étriers des single malt, rien qui cingle et culbute les trognes par-dessus bord mais un petit filet sournois pinçant le pli des joues, une tiédeur affaissée sur elle-même. Éléonore savait écouter aussi bien que raconter des histoires, donner des conseils avisés et, contrairement à Bridet, avait tiré un trait sur sa carrière sportive le soir même de sa dernière course, sous la pluie mais dans les Ardennes. Bridet seul parvenait parfois à feuilleter avec elle l'album photo où scintillait à jamais La Sirène du Mississippi.

À l'issue de ces conciliabules sur la marche du monde et des affaires, toutes repartaient très droites et très dignes, signe de cuite intériorisée, raccompagnées par Éléonore jusque sous le menton du Cerf Radieux.

Le loup radieux fourré aux herbes et flambé au pastis partageait donc la une de la carte avec les huîtres de Bouzigues en papillote. Le roi des poissons, le poisson des rois, disait Bridet. Il s'était fait traduire la formule en anglais par Laura. The kingue of fiches, the fiche of kingues and wild hein ! Kill on the sea today by Paulo, disait-il aux clients étrangers qui pensaient entendre de l'occitan. Paulo, pêcheur local, braconnier notoire, ivrogne occasionnel entre deux cuites, s'était acoquiné avec Bridet pour le fournir en poissons fraîchement pêchés comme l'attestaient les algues qu'il fourrait dans leurs gueules après les avoir décongelés, loups et herbes. Bridet justifiait cette légère entourloupe en disant, De cho meuste go ouane.

Car Paulo assurait le show en traversant pieds nus la terrasse puis la salle de restaurant vêtu d'une marinière et d'un pantacourt aux motifs de camouflage, fusil harpon et palmes dans le dos, des loups à la main afin que les clients assistassent à la livraison d'un produit plus frais tu meurs. Parvenu au centre de la salle il poussait deux ou trois hurlements surpuissants de Canis lupus en exhibant ses proies à bout de bras, pivotant sur lui-même pour que tout le monde voie bien. Il portait avec un certain talent sa soixantaine trapue aux muscles tendineux striés de veines vertes. Son crâne, luisant comme une boule de billard, portait la marque d'une énorme morsure dont l'origine variait selon les jours, le public et son degré d'imprégnation alcoolique. Il arrivait parfois que les poissons servis aient réellement été pêchés quelques heures plus tôt et maintenus en vie dans un seau d'eau de mer. Ils gigotaient alors au bout du bras levé de Paulo qui prenait son temps pour traverser la terrasse et la salle. Les grands soirs, Paulo synchronisait son entrée avec le début de la chanson « Eye of the Tiger ». Les clients étaient galvanisés ; un ou deux, végétariens, perdaient connaissance ; les haut-parleurs bourrés de watts tétanisaient les cigales, leurs vibrations atteignaient le lézard retiré tout au fond de sa fissure, déréglaient les boussoles des abeilles. Accrochés par leurs ouïes à un anneau, les malheureux poissons étaient bien plus mal lotis que leurs compagnons morts in situ car Jérôme les flamberait encore vifs avant de les éventrer pour les bourrer d'herbes radieuses, c'est-à-dire de Provence avec une touche de piment, puis les griller. Cette méthode permet à la chair de mieux s'imprégner de la saveur anisée et un poisson ne se rend pas compte qu'il brûle puisqu'il n'a jamais connu que l'eau, c'est prouvé par des études scientifiques, expliquait Jérôme. Les loups brûlaient en silence. Ayant voix au chapitre, ils n'auraient certainement pas proposé comme saint Laurent à ses bourreaux romains, depuis le gril où il était ligoté : Vous pouvez me retourner, je suis cuit de ce côté.

Éric assista à ces bûchers, il n'aima pas ça. Il s'en ouvrit à Jérôme. Le pompier de Bocuse soupira et le fit asseoir près de lui.

– Putain ! Éric ! Faut vraiment tout t'expliquer ! Ils sont tous comme toi à Plaissac ? Y a un nid de débiles profonds là-bas ou ils t'ont exfiltré pour pas être contaminés ? Gémir pour des putains de poissons qui sentent rien, nada, faut pas pousser quoi, un loup c'est pas... je sais pas moi... Tiens ! Un chien ! Un chien, développa-t-il non sans pertinence, tu lui files un coup de latte ou tu roules dessus en voiture, il couine. Pourquoi ? Parce qu'il a mal. Il couine parce qu'il a mal. Comme nous ! Un chien c'est normal ! Un loup, tu peux lui mettre une dérouillée il dit rien, nada ! C'est pour ça qu'on dit muet comme une carpe. Et puis un poisson ça t'a pas de cerveau, à peine, ça réfléchit pas. Un chien je dis pas que c'est comme nous question jugeote mais quand il se mange un coup de latte il sait qu'il faut couiner et tracer, qu'un loup il sait même pas ça ! Il nage bien le loup mais c'est tout, question sentiments c'est pas pareil que le chien ou même le chat. Tiens ! Un temps Paulo avait un cacatoès qui pleurait quand il entendait du tango, c'est pour te dire ! T'as qu'à essayer avec un loup le tango, tu vas voir !

Assez content de sa démonstration, Jérôme poursuivit en agitant les bras.

– Tiens, regarde les cirques, t'as des lions, des éléphants, toute une flopée de bestiaux mais jamais de poissons ! Tu me diras, y a des dauphins au Nautiland. OK. C'est pas cons les dauphins, on est d'accord, d'ailleurs c'est prouvé par des études scientifiques, mais c'est pas des poissons, c'est des mammifères comme, je sais pas moi, les lapins ! Un lapin je le tue avant de le griller, un dauphin tu me diras ça se mange pas mais si ça se mangeait je le zigouillerais avant de le griller sinon il couinerait parce qu'un dauphin c'est normal, comme nous et comme les chiens ! Les lapins, question jugeote c'est limite, c'est vrai, mais bon, c'est quand même pas des poissons ! C'est pas une lumière, le lapin, mais il sait couiner quand il faut, il possède les fondamentaux, il est des nôtres !

Il perçut un manque d'adhésion dans le regard d'Éric et voulut enfoncer le clou, clore à jamais le débat.

– Tu me diras, le loup il gigote dès qu'il sort de l'eau, mais pas parce qu'il a mal, non, c'est mécanique, comme l'arbre à cames de ma Harley, le loup il continue à nager même à sec, il a la tête dans le guidon, il sait faire que nager, il sait pas avoir mal comme nous autres les mammifères !

Éric sembla s'incliner devant cette science rhétorique mais n'en pensa pas moins et il lui arriva d'euthanasier des loups à l'orée du bûcher, aidé par

Laura qui, l'ayant surpris dès sa première intervention, lui proposa de couvrir ses arrières. Jérôme remarqua bien des signes de connivence, des sourires échangés entre Éric et Laura, mais, ne pouvant en comprendre l'objet, passa de douloureux moments à la pensée que son élève avait triomphé là où tous, et lui, son maître, le premier, s'étaient brisé les doigts. Interrogés, Éric nia mollement avec un petit sourire et Laura l'envoya promener.

Au terme de la saison estivale Éric quitta Le Cerf Radieux en l'état, Jérôme ayant échoué dans son mentorat de dépucelage, à l'impossible nul n'est tenu. Il resta néanmoins dans l'esprit de Jérôme, demeuré ignorant de la nature de sa proximité avec Laura, comme un exemple sidérant du choix improbable de ces femmes qui prennent le premier venu car assez belles pour deux. Il ne savait toujours pas nager mais bon, il s'était constitué un petit pécule, avait échappé à la pression du couple tragique et pu comparer la frontale probité de son père aux ondoiements commerciaux de Bridet. Robert Planchon partirait à la retraite avec un corps et un compte bancaire délabrés, Bridet avec les bras neufs, sauf le droit qui se souviendrait de ses innombrables catapultages, et muni d'un magot rondelet. Éléonore et Arlette pouvaient difficilement se comparer. La première relevait d'une créature mythologique recyclée en tenancière de gargote, pour reprendre les termes des concurrents du Cerf Radieux. L'autre, avec sa double obsession, synthétisait la folie d'un personnage shakespearien méditant devant un container de tri sélectif et l'excès d'une tragédienne racinienne pour un amour à l'impossible concrétisation.

Éric termina son CAP de comptabilité qu'il obtint aisément. La perspective de rester chez les deux ultras de Plaissac lui fit devancer le service militaire. Avec son diplôme il espérait se retrouver dans un bureau, la chose dédramatisait la perspective de ces douze mois. Il reçut pour tout viatique des conseils paternels assez vagues pour être universels. Sans surprise, sa mère lui rappela qu'à l'armée ça devait pas rigoler question tri des déchets mais que dans le nombre d'appelés il devait y avoir pas mal de raclures et puis tous n'avaient pas la chance d'habiter dans un département pilote.

– Tu fréquenteras pas les saligauds qui balancent leurs mégots partout que ça t'empoisonne les abeilles puis le miel et en bout de chaîne les populations, ils le disent assez à la télé, et puis t'avise pas de te mettre à fumer même en utilisant des cendriers parce qu'une cigarette c'est l'équivalent de dix kilos de miel d'abeilles tabagiques, c'est pour dire. Et puis le tabac ça donne mauvaise haleine, deviens pas comme ton père que lui en plus il te secoue sa pipe partout dans la maison exprès pour m'escagasser encore un peu plus l'existence, comme si j'avais pas assez à balayer la terre qu'il me ramène à l'intérieur !

Par un 1er septembre ensoleillé, Éric quitta le Midi pour la première fois, à destination d'Auxerre, dans l'Yonne. Ce fut aussi son premier trajet en train. Une trouble sensation chemina en lui avant de se dissoudre dans la contemplation du paysage. Une impression diffuse, non pas la cassure entre un passé connu et un proche avenir inconnu ou redouté mais une lente dérive vers autre chose. Quelque chose comme un arrachement mou. Le trajet dura plus de douze heures, avec deux changements. Passé Valence, la même tapisserie d'arbres, de champs et de pâturages se déroula derrière les vitres, parfois effilochée par une zone industrielle ou la trouée d'un grand fleuve. La désindustrialisation avait commencé à redessiner la France, son destin s'annonçait par une multitude de fermes aux volets clos pour mieux cloquer du dedans, aux cours dépotoirs où la rouille le disputait au bois pourri. Une France des petits salaires, des petites retraites, des fins de mois en toboggan, des savoirs et traditions ancestraux à l'agonie, des fabriques et commerces fermés, des gares désaffectées, des écoles aux préaux silencieux à jamais. Entre les villes s'obstinaient des villages dépeuplés, cernés de prés où quelques vaches couvertes de mouches buvaient dans des baignoires recyclées en abreuvoirs, pareilles à d'énormes molaires cariées. Éric se demanda si c'était ça, la France célébrée par Jean-Pierre Pernaut, il ne savait pas trop. Une autre France apparaissait de temps à autre par fragments éblouissants, en tableaux sortis tout droit du Moyen Âge. Éric admira des châteaux ceints de prairies où paissaient des moutons, découvrit de rieuses et verdoyantes campagnes nappées de champs fleuris, des futaies enfoulardées de brumes, des églises aux murs dorés coiffées de tuiles vernissées, toiturées de lauzes, couvertes d'ardoises ou chapeautées de pierres qu'adoucissaient des mousses feutrées, l'ombre soyeuse d'arbres séculaires. Se traînant le long des voies, ce pays dépenaillé faisait parfois place à son passé surgi çà et là à l'improviste en pièces détachées. Le train longea des terrains appartenant à une société américaine où des chercheurs bricolaient la nature créée par Dieu, apprit-il de son voisin, la cinquantaine chauve et velue des bras, lequel referma son livre, épais, à tranche dorée, écrit en tout petits caractères. Assez replet, barbu sans excès, il portait un gilet rappelant le tissu de ces fauteuils des temps anciens, d'où pendait une chaînette allant se perdre dans une étroite poche, et des lunettes rondes à monture de fil de fer. Éric remercia pour le renseignement, il n'avait rien demandé mais cela lui permit de comprendre ce qu'il vit, des troupes d'arbres modernisés pour produire du bois et presque pas de feuillage, juste de quoi assurer une rasade de chlorophylle minimale. Quoique debout, enracinés selon la tradition, ils étaient déjà chaises dans l'âme, tables et lits, bureaux et meubles de rangement prêts pour l'usine. Des kilomètres et des kilomètres de mâts bandant à sec et sans gloire, de quoi rendre paranos les oiseaux et les écureuils de la région s'il en restait. Un préavis de catastrophe filtrait de cette forêt découpée en bandes verticales comme un code-barres.

L'homme se mit ensuite à marmonner en reprenant sa lecture, quelques soupirs s'échappèrent de sa bouche où brillait une dent en or et Éric songea à ces westerns dans lesquels des criminels cachent un revolver dans une bible évidée. Il semblait à nouveau absorbé par son livre mais braqua brusquement son bras droit vers la fenêtre et au-delà vers une chapelle qu'aperçut brièvement Éric qui se demanda comment il avait bien pu la voir tout en lisant, à moins d'être très familier de ce trajet.

– Voici l'ancien Évangile mis en forme ! Un sommet de l'art roman, une merveille ! Sombre et massive, oui, mais robuste et méditative, faite pour abriter de la colère du Dieu vengeur, pour y prier l'échine courbée. Un durillon des temps anciens, frotté par les siècles des siècles !! Jeune homme ! Si vous poursuivez jusqu'aux plaines de la Beauce vous verrez des cathédrales gothiques, vous regarderez leurs pupilles dilatées traduire la lumière en brasiers de personnages et de créatures, vous méditerez sur leurs flèches lancées vers les cieux avec une inébranlable confiance dans le Dieu d'amour !! Ces grands vaisseaux qui traversent les siècles, on ne s'y terre pas courbé comme dans les édifices romans, on y entre debout, dressé dans la lumière divine ! Le gothique c'est le Nouveau Testament, l'alliance du ciel et de la terre ! Et tout ça ils en pensent quoi les technocrates à couilles plates qui tiennent le fouet ? On est bien ! Ah oui on est bien !! s'excita-t-il avant de respirer un grand coup. Résultat on a remplacé la fleur de lys par la feuille de cannabis, le chêne de Saint Louis par des arbres à chat entre télé et frigo, tous les deux bien remplis de saloperies !! À l'abîme !! Ils nous mènent à l'abîme !!

Puis sans transition il se replongea dans son livre. Il descendit peu après en remerciant Éric d'avoir porté son énorme mallette de cuir brun à soufflets et tiges en cuivre intégrant une serrure jusqu'au quai. Éric ne sut trop que penser du bonhomme ; il parlait bien, un type cultivé, un peu exalté quand même. Il songea que son père aurait surenchéri dans leur commune détestation des technocrates. Quant à sa mère, elle n'aurait pas accepté qu'on confonde le Treize heures avec le reste des programmes. Des comme ça, il n'en avait jamais rencontré.

Comme lors d'un marathon la dernière partie du trajet fut la plus pénible, le temps s'étira ainsi qu'un spaghetti mal cuit au milieu, roussi à une extrémité, cru à l'autre. Après l'ultime changement à Laroche-Migennes où il se dégourdit les jambes en claquant des dents, Éric monta dans la micheline à destination d'Auxerre. La nuit tomba, ses paupières aussi.

Trois camions bâchés stationnaient devant la gare d'Auxerre sous la pluie et un ciel fripé comme un linge oublié à l'étendoir. Si un état d'âme est de la météo intériorisée, celui d'Éric tourna au nimbostratus. Il se dirigea vers un des Renault aux bâches tendues sur des arceaux, pareils à des scarabées verdâtres à dos bombé. Quelques appelés attendaient déjà sur les banquettes de bois, coude à coude, côte à côte, face à face, bagages entre les pieds, regards abasourdis. On le regarda à peine, lui-même remarqua peu les trois ou quatre nouveaux arrivants. Si ça se trouve, pensa-t-il, certains viennent d'encore plus loin que moi. Les jours suivants confirmèrent la chose, les Catalans notamment en avaient bavé, et les Corses, mais les mois suivants Éric découvrit qu'il s'en trouvait venant de bien plus loin encore, de familles bien plus compliquées que la sienne. Il eut une pensée attendrie pour Nénain.

Serré dans un treillis vert bouteille aux plis férocement repassés, rangers étincelantes aux pieds, l'adjudant Bousillot assurait l'accueil. Grand, maigre et l'air franchement désagréable, voire haineux. L'exact contraire d'un Bridet. Si Éric ne s'y connaissait pas en adjudants, il s'y connaissait en sales cons. Un des appelés bâilla.

– Un petit café ? proposa suavement Bousillot.

– Ah oui tiens, c'est sympa, merci, mais si vous avez du chocolat je préfère, c'est un peu tard pour moi le café.

Bousillot le regarda, bouche bée.

– Je rêve ! Ça sort du train, ça pose son cul au chaud dans un camion et ça bâille !! Et ça réclame un chocolat chaud ! hurla-t-il, faisant sursauter le contenu des trois Renault. Mais je rêve !! Je rêve !!! Non, c'est un cauchemar !! Un cau-che-mar !!! La France a plus qu'à crever avec des larves pareilles !! C'est un peu tard pour moi le café, susurra Bousillot en regardant la larve avec des yeux presque aussi rouges et globuleux que ceux du Cerf Radieux, nota Éric qui avait le sens du détail. Votre nom ?

– Euh… David.

– Et le prénom ?

– Euh… c'est David, le nom c'est Parmentier.

– Il distingue le café du chocolat mais pas son nom de son prénom !! éructa Bousillot. Mais bordel de bordel de merde, Parmentier, vous savez au moins compter jusqu'à dix ?

– Un, deux, trois, quatre, commença Parmentier qui commençait à mal respirer.

– Bordel de bordel de merde de pute borgne !! Mais c'est pas possible !! Il comprend rien !! Rien !! Je vous ai pas demandé de compter mais si vous saviez compter jusqu'à dix !!! Parce que je vous colle dix semaines de corvée, pour commencer !! Corvée de chiottes ! Vous voulez du chocolat, vous allez en avoir !!

Bousillot leur donna le topo.

– Allez pas vous imaginer que faire son service dans une unité d'intendance c'est avoir gagné le cocotier parce que le cocotier je vais vous le secouer, vous allez regretter de pas avoir choisi les paras où de toute façon on vous aurait pas pris ou alors pour récurer les chiottes, qui se ressemble s'assemble !

L'affaire Parmentier avait jeté un froid dans les trois camions dont les conducteurs, eux, par contre, étaient pliés de rire. Le petit convoi démarra. Très vite la gare et la rue principale disparurent, à travers les bâches arrière s'effilochèrent les dernières traînées de vie civile. Éric se prit à envier ces piétons libres de préférer le trottoir de gauche à celui de droite, d'entrer dans une boulangerie, de s'asseoir sur un banc si l'envie les en prenait. La moindre vitrine brillait d'un air de fête, le monde de la veille glissait dans l'inaccessible, le feuillage des arbres virait au kaki. Un gamin fit le salut militaire en leur tirant la langue, un chien regarda passer les camions en hurlant à la mort. Le dernier pâté de maisons franchi, il ne resta plus rien ou presque, une route prise en sandwich entre des sapins menant à un fort aux murs suintant d'humidité, aux pierres rongées de caillots noirâtres. Une barrière se leva avec réticence, se rabattit avec brutalité. Les camions cahotèrent jusqu'à une cour délimitée par quatre rangées de bâtiments en rectangle sous une pluie fine, bien froide. Des petits groupes précédemment acheminés attendaient au bord de la cour, resserrés autour de ceux possédant un parapluie, tristes fleurs d'orage. Le petit tas formé par leurs bagages puait le transit qui dure, et de fait il allait durer douze mois.

La caserne semblait inhabitée. Des voix lointaines, des bruits diffus parvinrent à Éric. Des silhouettes glissaient derrière le vitrage des fenêtres mais la faible luminosité, pareille à une gelée translucide, ne permettait pas d'identifier ces fantômes. Un quatuor finit par fondre par-derrière sur le contingent grelottant : les instructeurs, de vieux gradés aux trognes rangées au carré sous des calots en biais. À travers la pluie, de moins en moins liquide, de plus en plus collante, ils reçurent quelques ordres de plein fouet. Il s'agissait de former six colonnes de seize. Si chacun d'entre eux savait compter jusqu'à seize et même beaucoup plus loin, le collectif s'en avéra incapable. Les possesseurs de parapluie furent informés qu'ils passeraient direct aux arrêts si ces saloperies civiles ne disparaissaient pas dans les trois secondes.

Les conscrits furent répartis, quatre par chambrée. Le fort n'avait pas été conçu pour accueillir autant de personnes, certains espaces convertis en chambre étaient biscornus, d'autres auraient pu accueillir un lit supplémentaire ou dû en recevoir un de moins. Éric comprit vite que des chambrées de trois ou cinq étaient inimaginables parce que l'impair est un ferment de dissidence à proscrire absolument, chaque être humain, civils inclus, possédant deux bras, deux jambes, deux yeux, deux oreilles, deux narines, deux poumons, deux reins, etc., et si chaque main et chaque pied se trouve avoir cinq doigts ou orteils, il s'agit là d'un impair dérivé, insignifiant du point de vue structurel, le seul décisif. Ne jamais l'oublier, le nombre total de doigts et d'orteils est pair. Quant aux trois barrettes des capitaines, aux cinq du colonel, elles étaient l'exception confirmant la règle, et encore, puisque ces paires d'épaulettes cumulaient respectivement six et dix galons. L'impair est selon le point de vue militaire profondément antimilitariste, non réglementaire, néfaste.

Un groupe doit pouvoir être réparti en colonnes, en rangées égales. Un ordre clair, net et carré se donne et s'exécute selon le sens commun. Un ordre clair, net et triangulaire recèle une contradiction dans les termes, il conduirait nécessairement à la catastrophe.

On leur attribua un lit, une petite armoire et un horizon de douze mois. Éric rangea ses affaires puis resta là, silencieux, debout, à regarder par la fenêtre. Il se sentit comme arrivé depuis toujours. Les couloirs sentaient le moisi. La chambre sentait le couloir. La porte s'ouvrit à la volée sur un nouveau treillis vert bouteille surmonté d'une casquette à bande bleue. Entre les deux, une tête qui fit regretter le charmant, le sympathique Bousillot. La tête se présenta en deux mots : Nom : Kolowaski. Prénom : Mon adjudant. Vous m'appellerez par mon prénom. Capito les crétins ?

Ayant tous l'instinct de survie, les crétins ont capito très vite. Kolowaski redéfinit diverses notions dont la ponctualité : une avance obligatoire de quinze minutes sur l'horaire. Le mot retard n'existe pas, c'est un mot de civil. Ne pas être en avance, c'est être en retard. Être en retard, c'est désobéir. Désobéir, c'est en assumer les conséquences. Il les conduisit à l'infirmerie pour qu'on voie s'ils étaient aussi pourris à l'intérieur que leurs sales gueules le laissaient présager.

Éric se déshabilla dans une pièce surchauffée puant le désinfectant. Sur un des murs une affiche à visée préventive se divisait en trois parties : à gauche, une silhouette féminine ; à droite, une silhouette masculine ; en bas, le résultat de l'addition : des streptocoques à gueule d'adjudant, des chtouilles industrielles, les bites de tout un régiment gangrenées par un seul nid à microbes, des couilles aussi vérolées qu'un cerveau de communiste.

Le médecin militaire parcourut son dossier sans regarder Éric, debout dans un garde-à-vous approximatif devant le bureau.

– C'est toi Planchon ? Âge ? Taille ? Poids ?

Il additionna les trois chiffres, retrancha celui du milieu avant de le réintroduire augmenté d'une portion du troisième et il s'avéra que ça tombait bien qu'Éric soit titulaire d'un diplôme de comptabilité parce qu'il était trop maigre pour tout : sauter en parachute les jours de vent, nager les jours de courant, digérer la totalité d'une ration de survie. Alors seulement il leva les yeux pour regarder le titulaire de ce bilan accablant, le fixa longuement en secouant la tête. Il le tâta ensuite à droite à gauche d'un air ennuyé, prit sa tension, Aaaahh trantroi, griffonna quelques mots. Bon, ça ira, lâcha-t-il à regret, estime-toi heureux que la patrie veuille bien de toi.

Après la visite médicale, direction le coiffeur, appelé Zapata pour sa tête de bandit mexicain. Un poivrot de carrière mal rasé et mal repenti qu'on cachait là, loin des regards. Les crânes passèrent du règne végétal au règne minéral en quelques coups de tondeuse, transformés en cailloux d'où certaines oreilles s'élancèrent avec une jubilation jusqu'alors retenue. Des nez se découvrirent une vocation de ponton, des fronts avouèrent leur bassesse. Quand Éric se regarda dans un miroir, il vit une possibilité jusqu'alors gardée en réserve et qui se déployait sans aucun égard pour lui. Sa tête avait rapetissé, comme passée entre les mains de Jivaros. Entre deux tontes Zapata crachait sur sa tondeuse.

– C'est pour la glisse, faites pas vos mijaurées c'est en inox, ça rouille pas, vous choperez pas le tétanos, j'ai pas la main verte.

Tous rirent, déjà serviles. Le dernier à passer sous sa tondeuse, un Finistérien aux joues rouges comme une balise de bâbord, eut droit au coup classique, une moitié du crâne rasée, l'autre laissée en l'état. Il irait au réfectoire comme ça, Zapata le finirait dans l'après-midi, même lui n'osa pas ne pas rire. Les autres étaient soulagés d'avoir au moins échappé à ça.

Éric n'en finissait pas de regarder sa nouvelle tête, si longtemps restée en embuscade sous l'ancienne. Elle aussi le contemplait, avec le même étonnement. Son image faisait sécession. Il se retrouva plus seul d'un cran entre ces murs dont toutes les ouvertures donnaient sur d'autres murs. Seuls les bureaux et les chambres des militaires de carrière ouvraient sur la cour.

Après le repas, tous se rendirent au magasin d'habillement pour recevoir le paquetage. Zapata avait fait l'essentiel du travail, l'enrobage du contingent par du kaki ne fit que compléter son travail fondateur, la tonsure fait le moine autant que l'habit. Sans surprise mais non sans soulagement Éric se vit affecté au service administratif, à la comptabilité. Dédiée à un régiment d'intendance, la caserne accueillait aussi une petite unité de blindés. Sélectionnés pour leurs compétences techniques, les appelés ne coupèrent pas pour autant à la période de formation militaire. Ils manièrent des armes, rampèrent dans la boue, sautèrent des murs, se camouflèrent en buissons, participèrent aux exercices de l'unité blindée. La pratique du parcours du combattant convainquit Éric que lancer des poids lors d'un parcours en forêt eût été mille fois préférable. D'autant que Kolowaski s'amusait beaucoup à le voir suspendu à la planche sans parvenir à la franchir. Alors le Planchon il aime pas la planche ? La pluie amenait des variantes. Eh Planchon, on t'a savonné la planche ? Quand il peinait à s'extirper de la fosse emplie de boue : Planchon te noie pas, t'as qu'à faire la planche en attendant les secours ! Lors des cross en sous-bois, dans des sentiers marécageux, il se rappelait en serrant les dents l'avis de Bridet sur son physique de coureur de demi-fond tandis que sa rate devenait une pelote percée d'aiguilles, ses poumons brûlaient, ses jambes flageolaient. Kolowaski et les moniteurs de sport les encourageaient selon une technique novatrice, celle de la carotte transformée en bâton. Difficile à expliquer, facile à comprendre dans le contexte.

Éric apprit qu'entre les chars ennemis et les nôtres se glissent les mêmes différences qu'entre un éléphant d'Afrique et un éléphant d'Asie. Un canon plus court, une tourelle moins trapue, cela suffit à identifier un ennemi qu'il s'agit de remplacer par un trou fumant. La récompense, quand les tanks pulvérisaient les cibles, c'était de voir sourire Kolowaski, il fallait en profiter, la chose ne durait pas. Une extase nimbait sa face trop large, trop plane, une gueule en terrain d'aviation balisée de boutons cotonneux. Il contrôlait aux jumelles le résultat des giclées balistiques. Quand elles foiraient, il ne disait rien ou grommelait, Pauvre France ! Alors il donnait l'ordre de retour à la caserne et le reste de la journée se traînait à laver les deux véhicules blindés de reconnaissance, des engins sans canons ni chenilles, pâles substituts des tonitruants AMX-30. Il les aimait bien, malgré tout, comme on aime un enfant un peu simplet. Cette corvée lui permettait aussi de détecter ceux à qui viendraient des effleurements de pensée, des démangeaisons à se gratter l'endroit de l'obéissance sous le calot. Elle s'ajoutait aux corvées individuelles. Celle attitrée à Éric consistait en l'entretien des chiottes des officiers, en renfort de Parmentier, titulaire du poste. Kolowaski lui avait adjoint Éric après avoir vu celui-ci échanger son plat de viande contre un yaourt à l'ananas ; il en avait déduit que ce Planchon était un végétarien, donc antimilitariste, donc communiste, donc un ennemi intérieur en puissance. C'est pas en bouffant de l'herbe et des yaourts qu'on est devenu une puissance nucléaire, théorisa-t-il en montrant à Éric les chiottes des chefs. Vous en voulez du yaourt, Planchon ? Vous allez en avoir ! Et comme vous êtes pas belge, pas que du yaourt ! Éric ne comprit cette phrase mystérieuse qu'après avoir entendu le chant de la Légion étrangère.

Dans un premier temps, fidèle à la raison comptable, il avait relativisé car les officiers étant peu nombreux, mieux valait nettoyer leurs chiottes plutôt que celles des gradés ou pire, celles de la troupe. Il comprit rapidement qu'avec Kolowaski l'optimisme est de l'ignorance qui s'ignore. La qualité l'emportait sur la quantité. Peu de merde mais opiniâtre et aggravée par Bousillot, chargé de contrôler l'exécution des corvées. Avec lui, ça n'allait jamais, ça ne pouvait pas aller car un simple appelé ne saurait l'emporter sur de la merde d'officier, elle devait avoir le dernier mot et donc lui par procuration, lui le délégué en chef de la merde hiérarchique. Éric frotta, récura, javellisa, usa des dizaines de brosses et d'éponges, son moral s'usa plus vite encore et la grande gueule de Bousillot pas du tout. Celui-ci était un malfaisant sournois, capable de mettre ses propres entrailles à contribution pour reprocher une horreur encore fumante à Éric, preuve de sa négligence. Affreuse et tenace, la merde de Bousillot accablait. Elle puait l'ambition déçue, la tripaille malaisée, les horizons bouchés. Le traitement particulier réservé à Parmentier ne le consola pas, le borgne ne se réjouit pas que l'aveugle se prenne les lampadaires.

Bousillot commit l'erreur de ne laisser aucun espoir à Éric en supprimant systématiquement ses permissions du week-end. Il déchirait son autorisation de sortie devant les autres élèves, rassemblés au garde-à-vous le vendredi à onze heures pour recevoir le précieux document donnant quartier libre jusqu'au lundi matin. Parmentier échappait au moins à cet espoir déçu, connaissant son sort il s'était aménagé une sorte de grenier intérieur. Sa permission transformée en confettis, Éric sortait des rangs pour regagner sa chambrée, consigné à la caserne avec une dizaine d'autres qui assuraient le quota réglementaire de punis. Quand il comprit que ça durerait jusqu'à la fin, il élabora une stratégie de contre-attaque. Même un lapin montre les dents s'il est acculé car il est des nôtres, comme disait Jérôme. N'ayant plus rien à perdre, Éric retourna la technique de Bousillot en l'amplifiant. La merde et lui trouvèrent un terrain d'entente où sans recours l'adjudant s'enlisa. Tous les soirs après le repas, il s'introduisit en douce dans les chiottes des officiers pour saboter son propre travail. Il fit du Bousillot en pire. Furieux, les officiers tombèrent sur Bousillot, responsable de la propreté des lieux. Éric expliqua au lieutenant du service général qu'il ne comprenait pas, il exécutait sa mission avec minutie, son travail était contrôlé par Bousillot trois fois par jour. Sachant le mépris de cet officier pour le gradé, il lui offrit sur un plateau, si on peut dire, un motif de le punir. Celui-ci commit l'erreur de protester, le ton monta, il écopa d'une sanction puis fut muté en région parisienne. Éric fut par principe consigné le week-end suivant, mais pour la dernière fois. Le sort de Parmentier s'adoucit, il put enfin rentrer chez lui à Chartres le temps d'un week-end. La longueur du trajet dissuada Éric de rentrer à Plaissac, il se contenta d'envoyer quelques cartes postales au couple tragique, une au Cerf Radieux.

Le successeur de Bousillot était lui aussi un Attila mais plus tendre, un Attila à ses débuts, quand l'herbe repoussait après son passage.

Le samedi soir, les punis et ceux habitant trop loin pour retourner chez eux se regroupaient devant un film porno. Dans les plus élaborés les protagonistes prononçaient des phrases de plusieurs mots, le film se précédait du sigle de la firme, un tatou à lunettes, une lune rose, voire informait du nom des acteurs, stars du porno primées aux Hots d'or. Les productions moins professionnelles faisaient l'économie du générique, se contentaient d'un titre clair, net et précis ; elles donnaient dans le biologique d'entrée de gamme, un hard discount tourné en une demi-journée dans un garage ou au fond d'un squat avec des filles aux prunelles dilatées, des types à la ramasse, des matelas recouverts de bâches cirées semblables à celle des Renault, lavables à grande eau entre deux tournages. Les bandes-son éveillaient parfois en Éric des cris déjà entendus dans un passé lointain, écho resté informulé des ébats post-ARBM du couple tragique.

Mais avant de se rincer l'œil, il fallait neutraliser Termite de Dieu. Gérard Fussin pour l'état civil, Termite de Dieu était l'aumônier du régiment et homme à tout faire, mécanicien, horloger, électricien, armurier, toujours là, surtout où on ne voulait pas de lui. Alliant le sabre et le goupillon, il laissait un sillage d'encens et de cambouis. Très doué de ses mains, qu'il avait velues sur le dos et crevassées aux paumes, bricoleur ingénieux, il réparait un réveil aussi bien que l'axe de rotation d'une tourelle de tir. C'était un grand zèbre fort en gueule, maigre et barbu, doté d'une oreille plus grande que l'autre. Tu vois gamin, expliqua-t-il un jour à Éric, celle-là accueille la parole divine, elle s'épanouit comme un tournesol, la petite est réservée aux conneries humaines. Au physique, une sorte d'abbé Pierre à la sauce rémoulade, ingérable par la hiérarchie, même Kolowaski et Bousillot, avant sa mutation d'office, ne s'y frottaient pas. Il avait motorisé une demi-douzaine de cibles représentant des soldats ennemis avec des moteurs de tondeuses récupérées alentour. Ainsi les recrues tiraient-elles sur des silhouettes de carton circulant comme sur des skateboards motorisés.

Termite de Dieu n'essayait pas de faire la morale à ces jeunes bourrés d'hormones, il s'emparait de la cassette ou subtilisait le câble du magnétoscope en homme de terrain, pratique, du genre à reprendre du tamanoir mariné pour mieux se faire agréer par la tribu à évangéliser. La seule hiérarchie qu'il acceptait, le plus haut gradé, le gradé suprême, le grade incarné lui pendait sur la poitrine sous forme d'une énorme croix kaki recouvrant son galon de seconde classe. Le Crucifié s'y tenait tout raide, prêt à descendre de sa croix pour en découdre. Termite de Dieu l'avait fabriqué dans une culasse de fusil-mitrailleur, choix hautement symbolique. Il parlait sec, postillonnait dru, n'écoutait pas les réponses.

Toujours seconde classe après trente années de bons et loyaux services, il avait dû lutter pour n'être pas promu au grade supérieur, suivant en cela l'exemple du Christ qui s'était plu en la compagnie des plus humbles, partageant leur condition.

Depuis bien des années Termite de Dieu méditait un projet. Un grand projet. Le Projet. Il avait conçu une chapelle roulante blindée dont il portait les plans sur lui, à même la peau comme un cilice. L'idée l'avait foudroyé à la vue d'un AMX-30 avançant dans les brumes d'automne, nimbé d'un halo doré. Ce fut une révélation et, comment n'y pas voir un signe, le jour même de la Saint-Gérard. Il rédigeait rapport sur rapport, écrivait au ministre, à l'évêque, au député, au sénateur, au Vatican pour obtenir un rendez-vous. Candidat au martyre administratif, il s'enlisait dans le Règlement des Armées. Faisant honneur à son surnom, il œuvrait inlassablement en sous-main, court-circuitant la hiérarchie sans conséquences fâcheuses car l'aumônerie lui conférait une certaine immunité. Il menait une guerre sainte désespérée, une croisade contre ce qu'il appelait le Sanhédrin bureaucratique.

La mise en service d'une papamobile aux vitres blindées lui avait porté un coup fatal. Persuadé qu'un intrigant du Vatican avait volé son idée, sa foi vacilla. Son épineuse personnalité sembla se retourner contre lui, les nefs gigantesques ont besoin d'arcs-boutants puissants sinon elles se fissurent et s'effondrent. Longtemps la crise mûrit en lui. Un matin de janvier, il commença à errer dans la caserne en marmonnant dans sa longue barbe, ne chercha plus à empêcher les séances de ciné porno, s'oubliant même à s'asseoir au milieu des pécheurs comme jadis le Christ au milieu des pêcheurs, sans sembler voir ni entendre ce qui crevait yeux et tympans, mettant très mal à l'aise les conscrits présents qui d'eux-mêmes stoppaient la vidéo et tentaient de le réconforter. Il négligea ses missions. Le médecin-chef décela un état dépressif aggravé par une alimentation erratique à base de rations picorées dans les endroits les plus improbables, y compris au poste de mitraillage d'un AMX-30, l'émoi fut grand. Quelques mois plus tard il se fit réformer pour raisons de santé. Techniquement, il prit une retraite anticipée. Spirituellement, il déserta et trahit tout à la fois. Renégat et apostat, il quitta l'armée, abandonna l'Église pour adhérer au Parti communiste français. Si les avis s'accordaient sur le fait qu'il avait sombré dans une profonde démence pour passer de Torquemada à Che Guevara, ils divergeaient sur la nature de cette folie. Tous connaissaient le caractère éruptif de l'ex-Termite de Dieu devenu Termite Rouge. Voulait-il expier son échec de chapelle roulante en collant des affiches ? Voulait-il se venger de Dieu en ralliant le camp du mal ? Gérard était un guide de haute montagne, pas un sherpa ; il devint leader d'une chapelle trotskiste appelant à la lutte armée, s'exila avec ses ouailles en Colombie pour rejoindre un groupe révolutionnaire.

La jungle l'avala.

En mémoire de lui et en dépit de sa trahison, le chef de garnison décida que sa petite chambre serait transformée en lieu de stockage des instruments et armements cassés en attendant leur destruction. Termite de Dieu, lui, les aurait réparés.

Éric effectua la durée restante de son service sans se faire remarquer, profitant de ses dispositions naturelles pour se fondre dans le décor.

Le jour vint où Éric fut libéré de ses obligations militaires avec une petite expérience dans la comptabilité, celle aussi d'une aventure humaine rugueuse au début, formatrice malgré tout. Sa quille dans son sac à dos, une des dernières façonnées par Termite de Dieu, bientôt objet vintage, il revint à Plaissac, constata l'enlisement des belligérants dans leurs tranchées respectives. Il eut le sentiment de s'être précipité dans un guet-apens repris au point où il l'avait laissé un an plus tôt. Le pavillon semblait avoir rapetissé et ses parents avec. Le couple tragique l'attendait sur le petit escalier du perron, sa mère sur la troisième et plus haute marche, mains sur les hanches dans sa blouse jaune à fleurs mauves, sourire aux lèvres, son père sur la première, bras ballants, en habits de travail. Éric songea fugitivement aux podiums qu'avaient partagés successivement Bridet et La Sirène du Mississippi. Il fut embrassé, tapoté dans le dos, débarrassé de ses sacs, conduit à l'intérieur où, chose rare, le lampadaire était allumé en plein jour ; on lui faisait fête, on l'accueillait avec les honneurs ! Le plafond avait pris quelques rides, il craquait comme un parquet. Les biches de son enfance broutaient la pelouse vert-de-gris étalée comme un tapis devant un petit château, tapisserie décolorée par le temps, fixée au-dessus du buffet où toujours le taureau pointait ses cornes. Sa mère lui dit, Tu vas prendre prendre froid avec ça de cheveux, là-bas t'avais un calot j'imagine, ici en attendant qu'ils repoussent tu mettras un bonnet ou quelque chose, les rhumes de cerveau c'est traître surtout avec la tramontane qui se lève, c'est toujours pareil il fait trop chaud ou trop froid, on est jamais tranquille, là-bas au moins tu avais un climat stable, à Auxerre il pleut ou il va pleuvoir, c'est comme en Bretagne, on sait à quoi s'attendre, alors qu'ici tu sors arroser les plantes en novembre, bien couvert pour pas prendre froid, vingt minutes plus tard c'est l'été indien, ou alors c'est le contraire, tiens qu'est-ce que je disais les volets claquent, la tramontane se lève, et puis tu vas laisser pousser tes cheveux et quand tu iras au coiffeur tu lui diras de pas te dégager les oreilles, c'est pas ton point fort, c'est pas grave, pour le reste tu tiens des Fulmigarino, bref le coiffeur qu'il fasse pas comme pour ton père, si lui il aime être ridicule c'est son problème.

– On dit aller chez le coiffeur, intervint Planchon.

– Je dis ce que je veux, riposta Arlette, et puis on dit bien aller au bordel.

– Non, on dit aller chez les putes, lâcha Planchon.

– Bravo ! fit-elle semblant de s'indigner, tu sais de quoi tu parles apparemment ! Puis se tournant vers Éric, Tiens puisqu'on en parle, j'espère que t'as pas attrapé de maladie toi.

Par malheur, l'intéressé ne s'était jamais trouvé en position de prendre le moindre risque malgré tous ses efforts dans la discothèque auxerroise où il s'était aventuré trois ou quatre fois avec les autres éloignés. Bon, je vais aller prendre l'air, se défila Éric qui avait noté les regards de sa mère vers la pendule murale. Le Treize heures approchait. Elle prit néanmoins le temps de lui dire, Je t'ai acheté des yaourts à l'ananas et ce soir il y aura du poulet comme un dimanche, nous on a déjà mangé, tu as tout ce qu'il faut à la cuisine, la ratatouille est au four avec du riz, je t'ai fait un riz au lait, tiens maintenant que j'y pense ça fait deux fois du riz, tant pis tu mangeras comme tu veux, le riz au lait ça se garde bien au frigo, et je t'ai cuit des côtelettes d'agneau, tu auras qu'à leur mettre un coup de gaz, pas trop longtemps sinon ce sera trop cuit. Son père lui dit qu'ils choisiraient ensemble un bonnet marin dans le catalogue

Manufrance, Ils ont de la qualité bretonne, pas les saloperies qu'ils te vendent maintenant que c'est pas chaud et que ça tient pas. Tiens ! Et la quille ? Ça se fait encore ? Éric la sortit de son sac. Sa mère dit, Tu me poses pas ça sur le buffet ça va le rayer et puis ces trucs ça prend la poussière, j'ai assez de travail avec celle que ton père ramène du dehors, j'ai beau lui dire, il sait pas enlever ses chaussures avant d'entrer, non, il sait passer des heures à trafiquer on sait pas quoi sous sa tonnelle et à regarder ses raisins comme s'ils allaient s'envoler, mais quelque chose d'aussi simple, ça non il peut pas et pourquoi il se gênerait, la bonniche est là pour passer le balai toute la sainte journée !

Éric, devenu expert en entretien et nettoyages difficiles, se dit que Bousillot aurait collé sa mère directement au cachot tant la poussière s'accumulait partout sauf sur le téléviseur. C'était grâce à lui, par effet de contraste, qu'on remarquait l'empoussièrement généralisé. Après une nouvelle accolade maladroite, son père ressortit. Sa mère se précipita vers le téléviseur, treize heures sonnaient au clocher. Bon, dit-elle en s'éloignant, on te laisse arriver, tu dois être fatigué, tu me raconteras tout ça cet après-midi, j'ai fait un cake comme tu aimes, tu le mangeras et puis on sera tranquilles, L'autre d'Alexandrie reviendra pas avant six heures.

Ses cartes postales représentant des choix de monuments auxerrois et une vue aérienne de la caserne étaient punaisées sous le calendrier des postes, ça le toucha. Ses parents, il le voyait bien, vieillissaient, personne n'est éternel ; ils jouaient leurs propres rôles avec moins de conviction qu'il y a seulement un an. Ils l'aimaient à leur manière, de toute façon il n'en avait pas d'autres et peut-être pensaient-ils la même chose de lui, va savoir, ces choses-là on n'en parle pas ou alors quand c'est trop tard, les gens sont plus là. Si ça se trouve Bousillot et Kolowaski sont de bons pères, des fois on est surpris, songea-t-il encore en allumant le gaz sous les côtelettes avec cet appareil ridicule découvert dans le catalogue Manufrance et qui crachotait comme un petit fusil-mitrailleur. Depuis cet achat, son père cachait les allumettes pour obliger à s'en servir. Sa mère avait donc acquis un briquet qu'elle cachait aussi, trouver du feu dans cette baraque devenait compliqué. Une drôle de sensation lui serra le cœur lorsqu'il découvrit qu'en son absence sa literie avait été changée, un nouveau matelas, un oreiller moelleux, des draps souples. En douce il alla dans leurs deux chambres, eux avaient gardé leurs vieux matelas, leurs draps reprisés issus du trousseau de mariage de sa mère. Il en eut les larmes aux yeux.

C'était bien beau, tout ça, mais à présent il s'agissait de gagner sa vie. Dès le lendemain de son retour

Éric prit le bus pour se rendre à Béziers, à l'Agence nationale pour l'emploi. Il descendit au terminus du centre-ville, attentif où il posait ses pieds, surveillant les airs. Cette ville, il le savait, prend les piétons en tenaille. Les pigeons leur chient dessus toute l'année et, par assauts surprises, en vagues tournoyantes et rageuses, hystériques, les étourneaux déferlent périodiquement comme des Canadair qui ravitailleraient dans les égouts. Le piéton ne doit jamais relâcher sa vigilance, s'il surveille trop les hauteurs constipées il s'englue dans les déjections canines abondamment délivrées par des hordes de chiens désœuvrés. Éric progressa donc prudemment vers l'ANPE située dans un quartier suscitant un enthousiasme modéré, on y habitait par nécessité, pas par choix. La nuit tombée on y passait en pressant le pas.

Largement vitrée, la façade de l'agence étincelait, un vrai miroir aux alouettes. Une trentaine de personnes faisaient déjà la file, sans conviction, en attendant l'heure d'ouverture. Elles filassaient. Les propositions d'emploi affichées en vitrine concernaient des postes exigeant un minimum de compétences, un début d'expérience. C'était une sorte de marché noir sans presque rien à vendre, où persistait un semblant de transactions comme dans les magasins d'État d'URSS. Un filet de pisse entretenu par le cartel canin du quartier délimitait l'endroit de la file où l'attente tombait sous les trente minutes, apprit un habitué à Éric avant de lui demander s'il avait une cigarette.

– Non, répondit Éric, je fume pas.

– Alors t'as pas de feu non plus? enchaîna l'autre.

– Ben non, confirma Éric.

– J'en étais sûr! conclut victorieusement le type.

La psychologie des foules a été fignolée, pas celle des files. Une foule fait peur, il y a des précédents. Sous la foule, les pavés. De bonasse elle peut, comme la Méditerranée, se retourner en un instant, devenir houleuse, tempétueuse, naufrageuse. Peu s'en faut pour qu'une foule ne soit plus la somme de ceux qui la constituent mais une entité compacte, ravageuse, sourde et aveugle. Moins dangereuse, la file a été moins étudiée. Toutefois, la considérer comme une sous-espèce ou un début avorté de foule est une erreur. L'individu constitue la cellule de base de la foule comme celle de la file mais dans cette dernière il n'est pas le maillon transcendé d'un collectif, non, plutôt la goutte têtue d'une figue ou d'un nez. Une file recèle le potentiel d'agressivité d'une foule en plus discursif, conditionné en portions individuelles car personne ne veut perdre sa place, il y manque l'aération des grands emportements.

Éric n'entra pas dans pareilles considérations, il préféra observer les autres filards en majorité bien plus âgés et plus chevelus que lui, c'était pas difficile. Il patienta dans cette queue maigrelette qui battait le trottoir, une queue civile échappant aux contraintes de la militaire, laquelle se nomme colonne. Il aurait pu se croire devant un cinéma si des flottements dans les regards ne jetaient la suspicion, si certaines nuques ne tressautaient d'un mouvement triste de mécanique abîmée. Des têtes sombraient dans des cous, des doigts empoissaient de minces chemises cartonnées tenues à bout de bras comme des valises fatiguées de trajets sans arrivée. Les mains le plus souvent gonflaient les poches, le petit vent frisquet n'avait rien à y voir. Éric franchit assez vite le Rubicond jaunâtre.

Une vingtaine de minutes après, conformément aux pronostics du fumeur logicien, il entra dans le bâtiment, prit un ticket, attendit à nouveau mais assis. Sur une table quelques magazines finissaient de se désarticuler, de ces revues spécifiques aux salles d'attente. Une dizaine de personnes se partageaient les petites banquettes inconfortables. Par en dessous il en observa certains qui eux-mêmes en observaient d'autres par en dessus. Il fut lui-même regardé et trouva la chose curieuse, étant habitué à passer inaperçu. Il oubliait son crâne rasé, son teint pâlichon après un an de cieux maussades et puis son jeune âge. À l'accueil, un long type aux allures d'inemployable démentait provisoirement son apparence en remettant à chaque arrivant un formulaire à remplir, ricanant entre deux coups de tête vers la droite. Éric sortit un stylo de sa poche à la stupéfaction quasi générale. Les habitués furent frappés d'une pareille capacité de prévoyance, eux ne se servaient que du stylo attaché au guichet par une chaînette rafistolée, reformant ainsi une queue intérieure. Ils ne l'avaient jamais vu, c'était donc forcément un novice, peut-être l'avait-on conseillé. L'armée, quand même, ça a du bon question organisation, remarqua son voisin, tu sors bien du service hein ? Moi j'ai encore oublié ce putain de stylo ou je l'ai jeté, je sais plus trop. Éric confirma son statut de tout juste libéré, promit de lui prêter son Bic dès qu'il aurait fini, faisant donc une croix dessus avant même de s'en servir pour en faire, des croix, sur l'imprimé qu'il plaqua sur la face de Georges Marchais, l'étoile rouge de la politique selon l'hebdomadaire qui en faisait sa couverture. Une femme serrant son sac à main contre son ventre rigola, Moi aussi j'ai rien pour écrire, je suis venue avec mon Montblanc mais il coulait, je l'ai flanqué à la poubelle, bah c'est pas grave j'en achèterai un autre en sortant. Tous rigolèrent puis, voyant le regard de la femme, son sourire édenté et son accoutrement de misère, détournèrent pudiquement les yeux, quand même y en a la vie elle te les fait morfler ! Éric commença à cocher, rien de tel qu'un bon vieux Cerfa pour faire le point sur sa vie. L'intéressé la voit mise en cale sèche, sortie de son élément naturel, le mouvement des jours. Vous n'êtes plus jeune ou vieux mais né en telle année, plus un petit malin ou un gros crétin mais diplômé ou pas. Épinglée sur un formulaire comme un insecte sur son bouchon de liège elle n'a plus tout à fait la même tête, dans le cas d'Éric c'était pas joli joli. À chaque rubrique ou presque il cocha la case Néant. Au terme de son chemin de croix Éric se retrouva membre d'une catégorie socio-professionnelle, pas plus important qu'une épluchure de microbe et pourtant pris en compte, infinitésimal degré noyé dans la grande fièvre statistique. Ayant renseigné le document, il prêta comme promis son stylo à son voisin, lequel s'empressa d'en sucer l'extrémité capuchonnée avant de la ronger. Voyant ça, Éric lui en fit cadeau en glissant sournoisement qu'il en aurait besoin longtemps encore.

Le vingt-huit. On appela le vingt-huit. C'était lui. Il confia le magazine au nouveau propriétaire du Bic qui tentait de remplir le formulaire sans le crever, l'ayant posé sur sa cuisse. Éric entra dans un petit bureau surchauffé. Une plaque indiquait les nom et prénom de la titulaire du poste, Julie Beretta. Il lui remit son formulaire qu'elle prit du bout des doigts avant de le lire du bout des yeux, dégoûtée par tous ces néants malgré l'habitude. Elle le regarda plus attentivement, comme un médecin pronostique une bronchite puis découvre un cancer des plus intéressants, un de ces crabes galopants qui vous nettoient en quelques semaines. Elle lui proposa un poste d'aide comptable aux Assurances des Oliviers.

– À prendre ou à ne pas laisser, précisa-t-elle.

– Pesé, emballé, vendu, rigola Éric.

– Dites au suivant d'entrer, à bientôt ! pronostiqua la Beretta.

Éric ne reprit pas immédiatement le bus pour Plaissac. Il essaya de penser, de se projeter dans son existence à venir, rien ne vint. Tout lui faisait défaut, désirs, projets, passions, ambitions. D'humeur assez sombre, il envisageait le monde sous un angle plat, sans illusion ni tendresse. Comptable dans l'âme, il tenta de rééquilibrer ce bilan intérieur passif en se disant qu'il sortait de l'ANPE avec une proposition d'emploi, chose exceptionnelle. Il ne laissa pas la clause de revoyure crachée par la Beretta lui gâcher la journée. Les ultras seraient contents, il ne reviendrait pas les mains vides. Il marcha au hasard des trottoirs, bientôt suivi par un embryon de meute, deux chiens en forme de barriques conduits par un plus grand, haut sur pattes, dont le poil jaunâtre barbouillé de gris évoquait celui d'un lycaon. Éric s'amusa à imaginer qu'ils devaient cibler les personnes sortant de l'ANPE, les plus vulnérables du troupeau humain. Sans se montrer menaçants, ils semblaient déterminés à le suivre jusqu'à ce qu'il trébuche et s'effondre.

Ces quartiers avaient toujours favorisé la loi de la jungle. Le trio restait quelques mètres derrière lui, l'air de rien, débonnaire et tenace. La gorge sèche, il entra dans un Écomax d'où il ressortit rapidement à quelques mètres de l'entrée avec une bouteille d'eau. Il les vit hésiter à entrer dans le supermarché, renifler l'air puis emboîter le pas à un homme sorti juste après lui de la supérette, déséquilibré par trois packs de bière et une casquette ne cessant de glisser sur ses cheveux gras. Éric plaignit ces chiens en quête d'une main pouvant les nourrir ou les caresser. Il remonta les allées Paul-Riquet décorées de rangées de comportes peintes de couleurs éclatantes, chacune plantée d'un cep et d'un olivier. Par ce geste artistique d'une audace inouïe la municipalité importait l'art des ronds-points dans le centre-ville, elle affirmait sa volonté d'ouverture aux associations et à la culture pour tous. Le maire avait soutenu cette initiative de son adjoint à la culture, l'installation représentant le labeur des ouvriers viticoles et la paix universelle à laquelle le parti œuvrait avec constance. Il s'agissait là d'œuvres d'art accessibles à tous, sans prise de tête. De nombreux ceps et oliviers agonisaient, empoisonnés par des litres d'urine, asphyxiés par les fientes qui ne fertilisaient pas la terre mais durcissaient en surface. Bouteilles, canettes, mégots s'y accumulaient. Par la suite la plupart seraient incendiés, ce dont la majorité municipale se réjouirait car l'art doit vivre au rythme de la cité, seul l'art bourgeois reste enfermé dans des musées.

S'éloignant au plus vite de ces comportes cafardeuses, Éric se dirigea vers le jardin public dont le nom, Plateau des Poètes, laissait craindre le pire quant à une éventuelle extension du geste artistique municipal. Par chance le jardin public restait en l'état, poussiéreux mais non sans charme, et, après la gadoue de l'Yonne, il apprécia de marcher sur un sol ferme. Il jeta un coup d'œil à la météorite exposée depuis la création du jardin, qu'un écrivain local avait qualifiée de risée du cosmos pour avoir traversé les espaces intersidéraux et se retrouver dans l'Hérault.

L'heure de départ du bus desservant Plaissac approcha rapidement, il retourna vers la gare routière. Assis côté fenêtre, il commença à penser aux mots aide comptable, il avait presque oublié qu'il pouvait être très bientôt titulaire d'un emploi si sa candidature agréait. Il connaissait de nom les Assurances des Oliviers, une boîte bien implantée dans la région. Il répéta le mot comptable, le ressassa comme s'il le grattait et que prononcer ces trois syllabes le soulageait. Les chiffres allaient donc être au cœur de son métier, conformément à son diplôme de comptabilité et à ses dispositions naturelles, il aurait dû s'en réjouir mais voilà, ça grattait. Comptable, comptable, comptable, il le répéta jusqu'à ce qu'il ne représente plus un travail mais un mot, le mot comptable. À force de le ressasser il en perdit le contrôle, l'agglomérat de lettres partit en tonneaux, s'immobilisa. Cette carcasse vide, Éric la considéra froidement. Il se souhaita néanmoins d'obtenir le poste. Sa mère serait contente, tout le monde ne peut pas présenter le Treize heures, son père aussi, un souci de moins, dirait-il en homme des fins de mois facétieuses.

Les Assurances des Oliviers ? C'est des voleurs, trancha sa mère, mais bon, c'est pas pour t'y assurer c'est pour y travailler, c'est pas pareil, bon, tu n'iras pas habillé comme ça, dit-elle en le toisant, tu feras pas ton Planchon mal fagoté, je te repasserai ta chemise blanche et ton pantalon noir, les chaussures tu les cireras toi-même, j'ai pas que ça à faire, je suis ta mère, pas ta bonniche, si tu crois que je m'amuse avec tout le travail de tenir cette maison ! Son père prit le relais, Très bien, parle le moins possible, réponds précisément aux questions comme à l'armée mais en moins raide et n'écoute pas les conseils de ta mère, elle y connaît rien aux patrons, elle a jamais travaillé de sa vie.

Éric se coucha en songeant aux Assurances des Oliviers puis au matelas qu'il tâta et testa, un bon matelas, à Manufrance ils rigolent pas avec la qualité comme dirait et à juste titre son père. Il regarda ensuite le plafond, s'attarda sur la nouvelle lézarde qui serpentait avec indolence depuis l'angle sud-est. Elle ne semblait pas impatiente de grandir pour participer plus activement au peuplement de ce plafond auquel elle devait tout, sans lui elle ne serait pas née, n'aurait pu trouver sa voie. Elle gardait ses distances avec ses consœurs qui se creusaient, s'agrandissaient sans aucune modération, insoucieuses de pousser à une rénovation qui pourtant les annihilerait. Elles laissaient libre cours à leur nature fissipare, nigaudes assises sur la branche qu'elles sciaient. À leur décharge elles étaient soumises au travail des murs et cloisons, à celui du plafond, eux-mêmes corrélés à l'humidité, à la sécheresse, en bref aux aléas formant la substance du temps qui passe. La petite fissure surveillait avec inquiétude sa voisine du coin nord-est, une ancienne tranchée surnommée L'aïeule, laquelle en prenait vraiment trop à son aise, s'élargissant presque autant qu'elle s'étirait au risque de saupoudrer de poussière voire de bombarder d'un morceau de plâtre ce personnage qui après un an d'absence venait s'allonger sur le dos, bouche largement ouverte, et qu'adviendrait-il s'il avalait en dormant un morceau de plafond? Tout bonhomme qu'il semblait être, il ne digérerait pas cet affront fait sous son propre toit, considérerait d'un œil neuf, courroucé, le plafond, acceptant qu'avec le temps il se ride comme tout un chacun mais pas qu'il se relâche ainsi à ses dépens ! Et que se passe-t-il lorsqu'on regarde le réel sans les œillères de l'amour ou de l'habitude ? Eh bien, monologuait la petite fissure dans le rêve d'Éric, il se passe qu'on voit que le plafond est tout pourri, va falloir que ça change, pas question de vivre dans un taudis !

Éric intégra les Assurance des Oliviers, il ne repasserait pas devant la Beretta, du moins pas tout de suite. L'entretien s'était passé au mieux. Sa mère lui dit, Les employeurs c'est comme à l'armée, la présentation c'est essentiel je te l'avais dit, ne me remercie pas surtout, c'est normal les bonniches c'est fait pour ça, ça lave, ça reprise, ça repasse, ça conseille. Pragmatique, son père s'enquit, Tu commences quand ? Lundi ? Sois à l'heure. Éric remercia l'un et pris l'autre dans ses bras ; sa mère fit semblant d'être ulcérée par le manque de reconnaissance qu'on lui portait mais sourit en se laissant aller contre son grand garçon, elle était fière de lui, il traînerait pas au café comme le fils du maire, Les bons à rien c'est de famille, bien sûr tu continueras à vivre ici, c'est chez toi, pour l'argent on verra, tu participeras, c'est normal on est pas des rentiers, d'autant que ton père sa retraite c'est dans un mois, finalement ça tombe bien ton premier salaire à toi coïncidera avec son dernier salaire à lui, quand je serai veuve avec ce qu'il me laissera j'aurai plus qu'à me coucher et mourir de faim, une vie à faire la bonniche pour finir comme ça, heureusement toi tu me laisseras pas tomber, hein mon petit ?

Retraité, Robert Planchon ne changea pas grand-chose à son quotidien mais perturba lourdement celui de sa femme ; elle sursautait en le voyant apparaître sans bruit aux heures où jusqu'alors il n'était jamais là, Les fantômes aux chaussures poussiéreuses ça va un moment ! Quelques jours d'ajustement lui furent nécessaires, le réveil continua de sonner dans sa tête, son corps à poursuivre sur une lancée de plusieurs décennies, c'était un homme de la continuité, pas un homme de la rupture. Habitué au grand air, il continua à manger dehors à midi mais sous sa tonnelle, non plus sur un talus en bordure d'une vigne patronale. Nouveauté, il s'accordait une petite sieste après treize heures trente, quand le son de la télé avait été coupé. L'un dormait, l'autre sommeillait sur sa chaise, bras croisés. S'il s'éveillait le premier, il réchauffait du café avec l'allume-gaz, le crépitement prolongé tirait sa femme de sa somnolence, il faudrait changer les piles, se disait-il depuis des semaines, j'en achèterai en même temps qu'un tuyau neuf pour la gazinière. Si elle émergeait de sa torpeur rêveuse la première, elle faisait claquer un volet pour sortir le Planchon de son lit.

La mobylette je te la donne, elle tiendra bien quelques années encore, il faudra quand même changer les pneus et l'ampoule de derrière mais tu peux la prendre pour aller à ton bureau. Éric remercia son père et déclina l'offre avec professionnalisme, les accidents de deux-roues sur la nationale 113 qu'il devait emprunter pour se rendre au travail étaient terrifiants. Et s'il se tue pas il se ridiculisera avec cette mobylette et ce cageot poisseux à l'arrière, et même sans cageot c'est pareil, Éric ira pas au travail sur cette saloperie pleine de cambouis et qu'on dirait un diesel tellement elle pue, dit Arlette, le bus c'est très bien en attendant qu'il ait son permis.

Éric rencontra une difficulté imprévue. Son prédécesseur persistait bien au-delà de la période de tuilage. Armand Bardineaux souffrait de cette pathologie propre à certains retraités qui prennent pied dans la coupure entre hier et demain, s'enlisent en leur charnière ainsi que dans une boucle spatio-temporelle. Bardineaux passait dire bonjour parce qu'il passait dans le coin, Tiens un petit café je dirais pas non, annonçait-il au premier visage connu. Il prenait des nouvelles des uns et des autres, de tel ou tel gros client, s'informait du nouveau DRH, s'inquiétait de la fusion de deux concurrents, s'assurait qu'Éric n'était pas mis en difficulté par l'une de ces innombrables subtilités de la chose assurantielle. Il hantait l'étage et plus particulièrement son ancien bureau, désormais celui d'Éric. L'air de rien on s'y attache à cette vue, soupirait-il en regardant la placette placide, ombragée de platanes touffus, peuplée de pigeons rondouillards, traversée par de rares passants. La nécessité d'un badge pour accéder à l'étage régla la question, Éric fut délivré de la délicate nécessité de lui signifier qu'il pouvait désormais gérer seul son portefeuille de dossiers. Bardineaux put néanmoins continuer à venir contempler la rangée de bonsaïs qui ornait l'entrée des Assurance des Oliviers, idée du fondateur de la société, peut-être inspiré par les galeries de bustes de personnages illustres dans certains musées et bâtiments publics. Chaque employé ayant accompli une carrière d'au moins vingt ans se voyait immortalisé sous forme d'un olivier en bonsaï, ses nom et prénom étaient gravés sur une belle plaque de cuivre fixée à l'un des quatre pans d'un pot en céramique grise, frappée du logo des Assurances des Oliviers. Bien entretenus, les petits arbres portaient beau malgré un déficit de lumière. Leurs troncs crevassés, trapus, déployaient de solides et tortueux branchages épanouis en assez denses feuillages gris-vert. De couleur et taille identiques, leurs pots témoignaient d'une considération égale dans l'absence, laquelle effaçait toute hiérarchie passée. Éric les avait découverts lors du passage au secrétariat de son futur employeur pour y déposer une demande d'entretien, se remémorant alors les oliviers en pot bordant l'allée menant vers le restaurant de Bridet, ressentant ou croyant ressentir la tépidité de cette déjà lointaine matinée. Il s'agissait là d'une coïncidence troublante et les plantations d'oliviers lui portaient chance puisqu'il avait été embauché les deux fois. Toutefois, cette salle de trophées oléicoles virait vite au columbarium lorsqu'on lisait cette succession de dates, sentiment renforcé par l'allure d'urne funéraire des pots. Les petits arbres semblaient alors puiser leur vigueur dans les cendres de leurs titulaires. Cette plantation hors-sol témoignait cependant d'une réelle stabilité professionnelle au sein de la société. Le dernier bonsaï installé était celui du prédécesseur d'Éric.

Armand Bardineaux
1949-1983

Éric se demanda s'il aurait aussi un jour son bonsaï attitré après avoir, jour après jour, poussé la porte des Assurances des Oliviers pour rejoindre son bureau. Verrait-il disparaître un de ces quatre matins cette dame âgée et son chien jaunâtre qui prenaient le bus avec lui ? L'aubette biterroise de l'arrêt du 57, tandis que lui sans recours vieillirait, la verrait-il rajeunir par paliers successifs, passant du bois au béton, du béton au verre et métal avec pourquoi pas un panneau électronique indiquant le temps d'attente et un affichage de publicités digitales, on en voyait déjà grignoter l'espace public ? Verrait-il des enfants grandir, des couples passer du stade de la fusion à celle de la fission, les modèles de bus évoluer, leurs conducteurs changer, le trajet du 57 fluctuer, les passagers s'embourgeoiser ou le contraire ? Il se souvint d'un cours d'histoire, les empereurs romains étaient déifiés post mortem et l'un d'eux, aux portes du trépas, s'était ironiquement exclamé, Je me sens devenir un dieu !

Se sentirait-il, lui, Éric Planchon, devenir bonsaï ?

Si Éric débuta sa vie professionnelle, son père cessa la sienne mais pas le travail de la terre. Il chouchouta son élite alexandrine, passa plus de temps avec Tournevent et Morate, vignes pentues d'accès difficile, héritées de son père qui les tenait d'une obscure partie de belote gagnée par un aïeul aux affaires embrouillées, un poulpe n'y aurait pas retrouvé ses ventouses. Il prenait le vélo pour se rendre à Tournevent, la mobylette pour Morate, plus éloignée. Renonçant aux pesticides pour préserver ce qui lui restait de poumons, aussi pour avoir matière à s'occuper, il décida de désherber à la main ses ceps de muscats d'Alexandrie et le potager, mettant en œuvre une agriculture biologique sans le savoir, sorte de Jourdain de la culture viticole et maraîchère. Ainsi se ménagea-t-il une occupation sans fin et quelques lombalgies. L'incapacité de L'autre d'Alexandrie à s'ennuyer, son évident plaisir à arracher manuellement des herbes même si après il gémissait dans son lit, le dos en feu, son ridicule à se conduire comme un Parisien dans son jardinet insupportaient Arlette. Elle l'observait travailler avec ses grosses pattes, depuis quelques décennies celles-ci ne s'avisaient plus de se poser sur elle, Encore heureux, quoique à y réfléchir c'est pas normal entre époux cette affaire mais aussi qu'est-ce que j'ai été cruche de me faire avoir comme ça, pourtant je le savais que le muscat me tape à la tête, mais non, il fait chaud, on danse, on rit, c'est la fête, on boit tous les verres qu'on vous offre et voilà, enfin c'est fait c'est fait, on allait quand même pas noyer le petit, le temps passe, le voilà assureur avec une cravate et des dossiers importants, il a un bon poste, l'assurance c'est comme les coiffeurs on est bien obligé d'y aller, il me fait pas honte lui au moins. Un jour de vent où, cachée derrière les rideaux de la fenêtre de derrière, elle l'observait, elle entendit Planchon parler à ses maudits muscats. Elle perçut nettement des Petits ! Petits ! Petits ! qu'il leur adressait pour les encourager à mûrir sans pourrir, comme avant lorsqu'il donnait aux poules ! Je t'en foutrais des Petits ! Petits ! Petits ! À l'asile t'iras faire les herbes ! Au cabanon le Planchon ! Avec un peu de chance il perdrait la boule, elle te le ferait enfermer vite fait bien fait, qui sème la poussière récolte la tempête !

Dans la rubrique Famille de *Midi Libre*, il y a des années de ça, elle avait lu que partager une activité rapproche les conjoints. Ça l'avait énervée, Nous autres on a pas le temps, c'est des trucs de riches ça, moi j'ai le petit, le ménage, la cuisine, les lauriers-roses, les containers et tout le reste à m'occuper ! Et puis quoi ? J'aurais dû lui proposer de prendre soin des containers à mes côtés ? Ou perdre mon temps avec ses raisins pourris ? Très tôt entre elle et lui il avait été trop tard, leur coup de foudre n'avait pas survécu au naufrage de Starlette dans Arlette, de Fulmigarino dans Planchon. Bien sûr il y a Éric, songeait-elle le tuyau d'eau à la main en prenant garde aux éclaboussures, un bon gosse même s'il a les oreilles de Planchon. Lui donner un frère ou une sœur aurait été possible jusqu'au milieu des années 1970, quand elle et Planchon dormaient encore dans le même lit.

Arlette se rappelait avec émotion cette journée à la clinique Rampot, la sortie d'elle de ce petit trognon visqueux comme un fricandeau de trois mois, de suite elle avait repéré ses oreilles, les mêmes que L'autre d'Alexandrie. Ah ! Comme elle aurait aimé être fécondée par Jipé via le téléviseur ! Elle le suivait depuis ses débuts en 1978, année de son apparition au Vingt heures. Tous deux, la mère et l'enfant, lui auraient adressé des coucous par-delà l'écran, il leur aurait souri en retour de son bon sourire, moelleux comme une brioche ; elle seule aurait compris les allusions à leur adresse glissées par Jean-Pierre dans ses journaux devant la France entière. Et quelle joie de cocufier en toute impunité et en direct L'autre d'Alexandrie en plein milieu du séjour, tous les jours à la même heure ! Pour le coup il t'aurait fait la paire avec le taureau !

Ayant donc constaté les méthodes de Planchon, elle arrosa en douce les mauvaises herbes avec du désherbant pour lui couper l'herbe sous le pied. Elle épargna les muscats afin de faire durer le plaisir, reportant le coup de grâce. Le père s'adapta à ce sabotage en enlevant la terre contaminée par brouettes entières afin de la remplacer par de la terre saine qu'il allait chercher dans la garrigue, un peu sableuse, bourrée de graines d'herbes sauvages dont certaines résistaient à l'empoisonnement. On le vit faire des allers et retours avec sa mobylette attelée d'une petite remorque emplie de sacs de terre, pédalant dans les montées pour aider le moteur éreinté. Arlette étouffait de rage. Au cabanon le

Planchon !! Au cabanon avec sa remorque et son cageot !! Il lui faisait honte, tout Plaissac rigolait, on disait, Tiens c'est Planchon, la poissonnière lui a prêté sa remorque ! Peu à peu, s'enfonçant dans un délire partagé, le couple tragique mit au point un écosystème délirant où le vigneron-jardinier favorisait les mauvaises herbes afin de pouvoir ensuite les arracher tels ces chasseurs qui élèvent puis relâchent faisans et perdrix pour réguler leurs populations au calibre vingt. Éric faisait de son mieux pour éviter la sortie de route à cet attelage parental tirant à hue et à dia. Il feuilleta secrètement le catalogue Manufrance en compagnie de son père, lui donna un coup de main pour tailler les vignes de la garrigue sans que sa mère le sache, aida secrètement celle-ci aux soins du ménage, elle appréciait cette intimité avec son fils qui revenait du travail avec des chaussures basses bien cirées, sans poussière, il s'essuyait les pieds, lui. Il ne joua pas de l'un contre l'autre, les rapprocha à leur insu dans son cœur même s'ils l'ignoraient. Profitant de son poste, Éric renégocia les contrats pris par son père dont les revenus avaient baissé, à sa troisième paie acheta deux matelas, deux oreillers et quatre jeux de literie identiques, pas de jaloux.

Il retrouva l'ARBM à sa place habituelle, dans les bas-fonds du classement officiel, en tête du classement parallèle, et les soirs de match retrouva chacun des ultras dans son angle de séjour attitré. Il renoua avec les jeunes de Plaissac, notamment avec les filles, dont certaines avaient changé de façon troublante. Il ne les retrouva pas où il les avait laissées, dans des corps sans grand relief, mais bombées de tous les côtés, À se demander ce qu'ils mettent dans le lait aujourd'hui, disaient les vieilles du village. Elles ne marchaient plus, elles ondulaient. Elles ne le regardaient plus, elles l'hypnotisaient. Ils se connaissaient depuis la maternelle, elles caressaient sa tête rasée avec une familiarité exempte de toute sensualité, c'était inhumain.

Les souches de muscat d'Alexandrie crevèrent en une nuit. Robert Planchon contempla les feuilles recroquevillées, brunâtres, hier paumes ouvertes vers le soleil, ruisselantes de lumière, aujourd'hui moignons desséchés. Il en tritura une, elle tomba en poussière. Il resta là de longues minutes, béret à la main, recueilli devant la légion lâchement anéantie par un raid barbare, songeant à des représailles à la hauteur de cette attaque ignoble. Il se jura de ne plus jamais adresser la parole à l'empoisonneuse, se rappela que c'était déjà le cas depuis plusieurs années. Un mauvais sourire lui vint entre narines et menton, mauvais comme du mauvais pain, bien aigre, bien rassis, aux bords coupants. Il avait trouvé le point faible. Facile. S'il ne pouvait pas éliminer le

Pernaut ni s'autopunir en détruisant le téléviseur et donc aussi la retransmission des matchs de l'ARBM, il pouvait éradiquer ses lauriers-roses, lui bousiller ses saletés de containers débiles. Elle en voulait du recyclage ? Il allait lui en donner, il allait te les recycler en fumée ces poubelles totalitaires. Il dosa à la louche les quelques explosifs restés inutilisés lors d'un arrachage de vignes ordonné par les raclures de Bruxelles, les mêmes que celles de Paris en plus nombreuses, soi-disant pour les remplacer par des cépages plus résistants aux maladies, des cépages étrangers, sûrement chinois, qu'on finirait par t'obliger à produire de la saloperie d'alcool de riz !

Les containers furent émiettés à trois heures du matin, la maçonnerie détruite, les alarmes se déclenchèrent trois kilomètres alentour, les Parisiens allèrent vérifier leur vieux mur neuf, ça allait, on n'était tout de même pas en Corse. L'enquête des gendarmes n'aboutit pas, l'explosion fut attribuée à un déséquilibré ou une bande de jeunes. La même nuit les feuilles des lauriers-roses se couvrirent de cloques, leurs fleurs perdirent leurs pétales, leurs racines furent carbonisées.

Arlette joua l'indifférente. Éric l'entendit siffloter « L'été indien », ça le décida à prendre deux jours de congé pour surveiller le couple tragique ; le calme apparent des protagonistes le terrifiait. Planchon partait tôt aux vignes de la garrigue et rentrait à la nuit tombée sans rien dire, il ne faisait plus la sieste, l'allume-gaz ne crépitait plus, le silence dans la maison pesait. La rage d'Arlette atteignit un tel degré qu'elle se concentra en presque rien, un imperceptible tremblement de la mâchoire. Bras croisés, bien calée dans sa chaise, elle mit sa haine à mijoter. Les ailes de son long nez se contractaient dans la pénombre du séjour, elles devinrent dures comme un bec de pic. Les mouches se firent discrètes, l'araignée reporta des travaux d'entretien pourtant urgents après le passage d'un frelon. Puisant en elle des ressources insoupçonnées, Arlette parvint à relativiser. Les muscats d'Alexandrie ne reviendraient pas, les lauriers-roses bon débarras elle n'aurait plus à les arroser, les containers seraient remplacés, seul son Jipé du Jité était irremplaçable et il serait toujours là. L'autre d'Alexandrie avait bien plus perdu qu'elle-même, c'est le propre des idiots de se tirer des balles dans le pied.

Un doute demeura sur les circonstances du drame survenu quelques semaines après ces événements. Ils auraient dû changer le tuyau d'arrivée du gaz depuis deux ans déjà. Tous deux le savaient mais Planchon considérait que la chose relevait des affaires intérieures, donc du domaine de compétence de sa femme et il s'était décidé à changer les seules piles de l'allume-gaz. Spécialisée dans le triage des déchets, Arlette refusait de gérer ces détails, J'ai pas que ça à faire et puis il faut bouger la gazinière j'ai pas la force, y a quand même deux hommes dans cette maison, je vais pas me démettre une épaule, déjà que j'ai mal aux poignets à force de faire la poussière ! Le moment venu elle en parlerait à Éric et puis la chose demandait réflexion, il ne s'agissait pas d'un déchet organique, ni d'un emballage ni d'une bouteille. À quel container donner le tuyau ? Elle méditait cette question en laissant flotter son esprit dans le rectangle fertile, entre cornes et plafond, finit par conclure qu'il serait confié au Gris.

Éric fut informé du drame par un voisin du pavillon qui l'appela à son bureau des Assurances des Oliviers. Le couple tragique avait connu une fin éponyme. On les avait allongés, mains croisées sur la poitrine, chacun dans son lit, dans ses draps neufs devenus linceuls. Le visage de Planchon se contractait entre crâne et mâchoire, tout pâle, reconstitué en un gros paquet de plis, sans souci du détail. Cette nouvelle configuration accentuait la ressemblance avec Éric, lequel se vit tel qu'il serait. Mort, son père lui léguait leur lien profond, jusqu'alors caché. Seules les oreilles restaient fidèles à elles-mêmes. Délivrée du souci de tenir l'ensemble depuis les coulisses, la structure Planchon remontait à la surface. Il appartenait désormais à Éric de la maintenir à flot le plus longtemps possible, en ultime dépositaire.

Arlette pointait du nez vers le plafond, les joues tendrement ridées par les milliers de sourires suscités par Jipé, la peau étonnamment lisse pour son âge, l'écroulement se concentrant sous les yeux dont les poches s'emplissaient déjà d'une mayonnaise noirâtre. Son visage demeurait lointain, hostile, recroquevillé sur lui-même avec cette radicalité minérale qu'on voit aux grands dépressifs, aux mélancoliques profonds. Entre deux crises de larmes, Éric songea qu'ils avaient échappé à la maison de retraite avec chambres donnant sur un petit amas de pierres volcaniques cimentées au milieu d'une plate-bande de pensées où pissent des chats. Ils ne subiraient pas les chorales, les lotos, les animations pathétiques et l'inexorable jeu des vases communicants en ces lieux d'attente d'on sait bien quoi, ces résidences dont les chambres changent régulièrement d'occupant sans qu'on distingue toujours le nouveau titulaire de l'ancien, la vieillesse est un lichen qui uniformise les pauvres bougres ayant épuisé toutes les voies de recours et qui attendent là, troupeau de zeks sans avenir, parqués entre carrelages graisseux, faux plafonds jaunis et plateaux-repas explicites. Bien sûr il se serait occupé d'eux le plus longtemps possible, mais le moment serait probablement venu où les fleuves de ces deux existences auraient charrié des débris impossibles à maîtriser entre les berges du quotidien. Et jusqu'où les aurait menés cette guerre devenue chaude ?

Sa mère avait échappé à ce déchirement qu'eût été le dernier Jité de Jipé, ce sinistre 18 décembre 2020, lorsqu'il se retirerait dans un halo de gloire après trente-trois années de rayonnement télévisuel. Elle aurait vécu dans l'espoir d'un retour, un grand classique, espoir définitivement brisé le 2 mars 2022, date d'entrée de son Jipé dans l'éternité. Après le choc de l'annonce de la mort de

Jean-Pierre, Arlette serait restée de longues, d'interminables heures plongée dans la pénombre devant l'écran désormais éteint, allant jusqu'à négliger les containers. Après le deuil cathodique intégral, elle aurait observé un deuil symbolisé par une bandelette de crêpe noir fixée dans l'angle supérieur droit du téléviseur malgré l'opposition de Planchon l'impie. Jour après jour, la sonnerie de treize heures du clocher l'aurait lardée de coups de poinçon en plein cœur. Sans doute aussi aurait-elle buté sur cette date du 2 mars 2022 et les troubles circonstances de cette mort. Peu à peu le doute aurait miné, rongé son esprit avant de l'inonder d'une intense clarté, celle de la révélation, immédiatement suivie d'une non moins intense colère. Livré à la méditation, son esprit aurait fini par trouver la cause de son trouble. À l'instar de nombreuses découvertes scientifiques, c'est un agent extérieur qui aurait cristallisé en une explication son sentiment jusqu'alors diffus que quelque chose clochait. Jean-Pierre était bien parti le 2, en l'an 2022, mais pas en mars comme annoncé, non, en février ! Le 2 février 2022 ! Le 2 2 2022 !! Les pouvoirs publics avaient caché cette date pour ne pas troubler la population par cette surnaturelle conjonction de 2 ! L'État avait réussi à masquer un mois durant la mort de Jean-Pierre ! Sa tombe ne manquerait pas d'être un lieu de pèlerinage, une sorte de double spirituel du kilomètre zéro situé sur le parvis de Notre-Dame de Paris, inutile d'en faire un symbole propre à générer une secte pernautiste pouvant dégénérer en parti patriotique, c'était déjà assez compliqué d'expliquer aux Français que tout irait de bien en mieux en renonçant à leur souveraineté ! Cet enchaînement quasi miraculeux de 2 devait être rompu, brisé pour ne pas éveiller les capacités d'adoration d'un peuple en manque de Messie. Mais la dévotion d'Arlette aurait percé ce secret d'État ! D'abord furieuse de ce crime de lèse-majesté, de cette ignoble manipulation, elle s'en serait satisfaite comme d'un secret dont elle était désormais la dépositaire, élue par-delà la mort de Jean-Pierre. Elle serait même parvenue à nourrir un sentiment relativement non venimeux à l'encontre de la veuve officielle, cette ancienne Miss France qu'elle avait tant haïe tout en reconnaissant sa légitimité puisque c'était le choix de Jean-Pierre.

Mais cela n'advint pas, Arlette partit avant son Jipé, accompagnée de Planchon dans le caveau familial où Éric avait fait déposer une énorme gerbe de fleurs en céramique s'approchant du laurier-rose, il aurait aimé pouvoir les choisir dans le catalogue Manufrance pour rester équitable jusque dans l'au-delà.

Un petit groupe de villageois suivirent l'enterrement parce qu'ils étaient de la génération des

Planchon et qu'une petite brise annonçait le printemps. C'était l'occasion de prendre un bon bol d'air tout en se réjouissant de vivre encore. Les Planchon n'avaient pas d'amis, juste des affinités chronologiques avec cette poignée de survivants des années 1920. Arlette avait vécu rue de la Tramontane en vase clos, on la connaissait surtout de réputation, seuls quelques commerçants la voyaient régulièrement. La chose se déroula fort raisonnablement, aucun mouchoir ne fut déplié, nuls verres fumés ne simulèrent des yeux rougis de chagrin. Le seul à pleurer se découvrit les jours suivants une allergie aux pollens de cyprès ; il s'en plaignit à sa femme, laquelle lui répondit sèchement qu'il n'aurait qu'à se faire incinérer.

Éric n'eut pas à se sentir au centre de l'événement, personne n'observait ses réactions, on lui donnait une petite tape sur l'épaule avant de s'en éloigner comme s'il portait la poisse. Chacun pensait à ses affaires ou regardait le fronton d'un monument funéraire, on cherchait à distinguer l'oiseau qui jouait aigûment du syrinx, on apercevait un lézard filant fissa dans sa fissure. Un vieillard murmura, Dans ma jeunesse on avait des corbillards à chevaux, les cortèges funéraires les gens ils y marchaient tête baissée pour pas marcher dans les crottins, du coup ça t'avait une autre allure. Sa femme lui flanqua un coup de coude, T'es vraiment pas sortable, même à un enterrement tu sais pas te tenir, je te préviens, je veux pas te voir au mien, tiens-le-toi pour dit, de toute façon avec ce que tu fumes tu y passeras avant moi ! Couvertes de gravillons, les allées du cimetière crissaient comme celles des maisons de maître, avec un petit bruit discret de bon goût. Il s'agissait pourtant d'un cimetière ordinaire, les familles riches possédaient leur propre caveau en pierre de taille, dressé en bordure d'une de leurs vignes. La pierre des tombes fusionnait doucement avec les mousses mordorées, les cyprès dardaient leur verticalité bourrue, des lierres festonnaient le mur d'enceinte. Les fleurs en céramique s'empoussiéraient, se fissuraient, se décoloraient, cependant témoignaient toujours. Sur nombre de tombes des visages juvéniles persistaient sous leurs verres ovales parfois embués, fils ayant précédé leurs parents, parfois même leurs grands-parents avec ce triste privilège d'avoir leur nom redoublé sur la stèle de la place de la mairie. Quelques merles sautillaient çà et là. Depuis leur très lointain voyage de noces, ce bref transfert représenta pour le couple tragique sa première et dernière occasion de cheminer ensemble sans s'engueuler.

Hormis Éric, rien ne resterait de leur passage sur terre. Des voisins, des collègues de Planchon se le rappelleraient au moment des prochaines vendanges, Tiens tu t'en souviens de Planchon ? C'était un taiseux, dur au mal, pas comme ces jeunes d'aujourd'hui, des feignasses. Tous finiraient par l'oublier rapidement. Quant à Arlette, elle confirmerait l'invisibilité sociale qui avait été la sienne de son vivant et emporterait son secret dans la tombe, un 2 février, elle ne fut pas en position de s'en réjouir.

Paix à vos âmes, murmura Éric resté seul devant le caveau.

Au lendemain de l'enterrement Éric s'éveilla dans un pavillon déserté par ses occupants historiques, relogés définitivement à huit cents mètres de là. Assis sur le rebord du lit, ses jambes tricotant mollement au-dessus du tapis, il songea que le couple tragique avait peu profité de ses literies neuves. À quoi je pense, se reprit-il, c'est de leurs années restantes qu'ils auraient dû profiter, papa de sa retraite, maman je lui aurais fait venir une aide ménagère, mais quand même ça leur a fait plaisir ces bons matelas et ces beaux draps.

Entrer orphelin dans sa nouvelle vie, c'était entrer dans un appartement neuf avec un chewing-gum collé à la semelle, et quel chewing-gum ! Éric franchit les minutes suivantes plongé dans une réelle absence de pensées, réalisant sans le savoir un idéal vainement recherché par de squelettiques yogis. Le clac de la demi-baguette expulsée du grille-pain le ramena sur terre ; il se força à manger un peu. Il partit ensuite à pied vers Tournevent, sa vigne à présent, en une sorte d'immédiat pèlerinage. Pour son père, travailler Tournevent et Morate se confondait avec l'entretien d'une mémoire, celle de ses aïeux, de leur labeur. Selon une directive des raclures de Bruxelles aggravée par celles de Paris, elles auraient dû être arrachées depuis longtemps. Les petits rapetissent et disparaissent, les gros grossissent et on nous dit que c'est pour notre bien si on crève, grognaient les vignerons de Plaissac. Son père et quelques autres avaient réussi à soustraire quelques milliers de pieds à la dictature technocratique. Éric grimpa la rue de la Tramontane puis la rue Neuve, comprimée entre des immeubles pragmatiques dont les façades ne faisaient pas le moindre effort pour se distinguer de celles d'entrepôts. L'avenir urbanistique de Plaissac s'annonçait lugubre. Les villages n'échappent pas au destin des humains, comme eux ils naissent, dépérissent et meurent, évidemment ça prend plus de temps. Le bitume récemment tartiné entre deux trottoirs étiques passait sans transition le relais à une route défoncée d'où rayonnaient des chemins de terre bordés de vignes. Éric gravit le plus étroit, la garrigue commençait quelques centaines de mètres après sous forme d'avant-postes rugueux. Elle annonçait la couleur avec des touffes de genêts, des épis d'hysope, des chardons, des buissons d'épineux bientôt renforcés de pins parasols, de chênes-lièges, d'yeuses, d'amandiers. Des fleurs menues, des plantes prudentes s'agrippaient à une terre sableuse invitant à la retenue. Quelques insectes grésillaient, craquetaient, de temps à autre un oiseau raclait le silence parfumé. Il marchait à pas lourds, traversé de souvenirs jusqu'alors restés sous la surface de flottaison. La plupart étaient sans intérêt, d'autres picotaient. C'était curieux, ces souvenirs se rappelant à lui tels des créanciers ayant su attendre leur heure. Il s'efforça de chasser ces pensées, se força à réfléchir à des choses pratiques. Fallait-il vendre le pavillon pour acheter un appartement à Béziers ? Sans doute, oui. Et les vignes ? Ah non, jamais il ne s'en séparerait, même si les entretenir était exclu. Le mieux serait de les laisser prendre le maquis, retourner à l'état sauvage au fil des saisons, peu à peu fusionner avec la garrigue, décida-t-il. Il donna un coup de pied dans une énorme motte de terre, ça lui fit du bien de la pulvériser. Les alentours étaient cabossés, plissés, par endroits très escarpés, peut-être devrait-il s'intéresser à la géologie locale pour savoir sur quoi il marchait, sur quels sous-sols les Planchon avaient trimé avant d'y être enterrés depuis tant de générations, tout ça pour faire durer des matelas et reporter de mois en mois une mise en plis, une visite au dentiste, et maintenant qu'il faisait entrer un peu d'argent dans la maison, c'est eux qui en sortaient. Ils devaient avoir des livres sur la géologie de la région à la médiathèque de Béziers, il irait voir.

Deux heures durant il marcha sans trop penser, sécha ses larmes au fur et à mesure, songea qu'il n'avait pas eu le temps de leur faire des huîtres de Bouzigues en papillote façon Cerf Radieux. Midi sonnait à l'église du Bon-Secours-Perpétuel lorsqu'il aborda la rue de la Tramontane, ses pieds chauffaient, avant d'entrer dans le pavillon il se déchaussa, ôta ses chaussettes poussiéreuses. Il s'assit à la place de sa mère avec une tendresse désespérée. Les blouses en tergal il ne les verrait plus, les Couvre-toi, tu vas prendre froid ! il ne les entendrait plus. Le maudit tuyau restait à changer, maintenant ça peut attendre demain, se dit-il en vérifiant le robinet de la bouteille de propane, oui il était bien fermé. Il entreprit de ranger des papiers tout en sachant qu'il ne le ferait pas et partit manger un morceau au café où Charlotte, une des Ondulantes aux yeux de biche, le voyant assis seul en terrasse, vint le consoler en le serrant contre elle ; c'était terrible comme ses cheveux, son cou sentaient bon.

Éric résolut de mettre en vente le pavillon en l'état avec son téléviseur, débarrassé du brassard noir, et la gazinière homicide. Il loua un deux-pièces proche des Assurances des Oliviers. Les jours de fortes pluies exceptés il se rendait à pied à son bureau.

De temps à autre il faisait le trajet jusqu'à Plaissac, évitant de passer devant le pavillon où avait vécu et péri le couple tragique, où désormais vivaient des inconnus, s'attardant devant le caveau où ses parents se dissolvaient dans le temps et le calcaire. À Béziers, il avait pris ses habitudes et déjeunait dans une brasserie du centre-ville où les serveurs étaient habillés en noir et blanc, cravatés, ceints d'un tablier aux plis nets, à la blancheur irréprochable, aux chaussures confortables mais dignes. Ils lui rappelaient le soin apporté par sa mère à le rendre présentable lors de ses deux entretiens d'embauche victorieux, au Cerf Radieux et aux Assurances des Oliviers, qu'il prit à cœur de bien représenter, elle aurait été fière de lui et son père aussi même s'il ne l'aurait pas dit, du moins pas avec des mots, plutôt en lui proposant de feuilleter ensemble le catalogue Manufrance ou de l'accompagner à Tournevent voir un peu si le mildiou ou l'araignée rouge n'auraient pas des idées de revenir tout saccager. Souvent il était tiré de ces considérations par des salves de klaxons actionnés comme des détentes, des montées en régime caractérielles de moteurs s'exaltant d'être à explosion. Ça ne le dérangeait pas vraiment. S'il se sentait une âme d'ermite, Éric devint rapidement un urbain endurci. Quelques mois après son arrivée un nouveau bonsaï fut installé dans l'entrée de la société. Le collègue retraité, qu'il avait fort peu connu, fut remplacé par Sylvie, une Ondulante au sourire paralysant entrant dans la même catégorie que Charlotte et bien d'autres, celle des intouchables. C'est pas de la graine pour ton canari, l'aurait prévenu Jérôme, erreur, c'est lui qu'elle aurait détruit au premier regard avant de souffler dessus pour disperser les cendres. Hors de son contexte estival Jérôme perdait ses paillettes, il fatiguait, Pitié ! Débranchez-le ! suppliaient celles qu'il pensait avoir hameçonnées. Éric se trompa, deux fois. La première par manque de confiance en lui, la seconde par excès de confiance en Sylvie. C'est pour résumer, la chose est plus compliquée que ça. Elle dut y mettre de la persévérance tant il pensait qu'il y avait erreur sur la personne, croyant même qu'informée de la perte de ses parents elle recherchait sa compagnie par pitié. Comment lui, Éric Planchon, pouvait-il gagner le gros lot sans même avoir tenté sa chance ? Période étrange, déstabilisante. D'inédits battements de cœur scandèrent son deuil, une brise chargée d'effluves printaniers passa sur les barbelures d'un hiver glacial. Il n'avait jamais ni perdu, ni trouvé une personne proche ; en quelques mois, trois venaient de passer la porte à tambour de son existence, les unes prenant congé, l'autre programmant leurs prochaines vacances.

Car les choses avancèrent si bien que l'été suivant Sylvie et Éric louèrent un gîte dans les Pyrénées. Il avait accepté pour lui faire plaisir, n'osant pas avouer qu'il détestait les forêts, il aurait préféré paresser en bord de mer et apprendre enfin à nager mais cette suggestion s'était dissoute dans l'éclatante fixité du sourire de Sylvie. À Béziers leur proximité s'était avérée relativement non conflictuelle, dans un bulletin météo on eût parlé de ciel brumeux traversé de larges éclaircies. Éric n'avait pas de point de comparaison sinon avec le couple tragique, ça laissait de la marge, il trouva que tout allait bien. Les vacances à la montagne, il n'en avait jamais pris ni à vrai dire nulle part ailleurs, pour autant il recelait en lui des griefs profonds envers ces forêts de conifères, cette mafia qui ne désarme jamais, exhibe ses aiguilles tout au long de l'année, se serre les coudes pour obliger le randonneur à multiplier les détours, cette ineptie végétale montée en graine, cette rage à s'accroître en occupant la totalité du terrain en hauteur mais aussi à l'horizontale à coups de broussailles agressives, de racines embusquées. Lors des périodes de fêtes de fin d'année il jubilait en voyant les sapins à l'étal, pris au filet, en attente de partir dans des foyers pour y être déguisés en clowns, enguirlandés, affublés de boules avant de finir sur le trottoir puis à la décharge. Et ça lui évoquait les courses d'orientation dans l'Yonne avec Kolowaski aboyant à leurs trousses. Il appréciait le silence lorsqu'il forme une bulle au cœur d'un environnement bruyant. Le silence dans le silence, ça l'angoissait.

La réalité de la montagne s'avéra conforme à ses attentes. D'emblée il n'avait pas apprécié la présence surplombante des vautours. Insensibles au sourire de Sylvie braqué sur eux, ils tournoyaient en attendant leur chute dans un ravin. Le coin était peuplé d'espèces protégées depuis si longtemps qu'elles se croyaient tout permis, un tas d'animaux inutiles ou dangereux, voire dangereusement inutiles, et pour enfoncer le clou ça grouillait de marmottes qui volaient leur nourriture dès qu'ils posaient leurs sacs à dos. Par chance ils n'avaient croisé ni loup ni ours et purent quitter en urgence un pré recelant deux patous patibulaires. L'amour de la montagne, pour Éric, c'était l'amour des entorses, des hélitreuillages, des amputations à la suite de gelures même en été, d'une météo aussi fiable qu'une promesse électorale. Le pire étant cette omerta généralisée, ces sentiers soi-disant de promenade où l'on n'entend rien sinon le grondement d'une avalanche juste avant d'être enseveli sous la neige ou lapidé par une averse de roches. Et puis, trop de vert tue le vert! Rien de plus ressasseur que la nature quand elle a trouvé le bon jingle et fait beurre de sa propre pourriture.

N'ayant pas perçu les signaux faibles émis par Sylvie, un battement de cils, une modulation de son sourire permanent, Éric reçut une décharge de haute intensité deux jours avant la fin du séjour. Les orages de montagne sont subits et violents. Eût-il perçu ces signes avant-coureurs que cela n'aurait rien changé car encore eût-il fallu les interpréter puis y répondre, c'était pas gagné. À sa décharge, pourrait-on dire si l'on souhaitait faire le malin en ces circonstances, Sylvie ne cessait jamais de sourire, exhibait en tout temps, tout lieu et toute circonstance sa dentition éblouissante et ses gencives tendres comme des bourgeons de roses, de plus elle tenait grands ouverts ses beaux yeux sans jamais ciller. Difficile dans ces conditions d'impérieuse luminescence de déceler de la nuance, autant chercher à distinguer les taches solaires. Pris dans ce sourire comme un lapin dans des phares, Éric ne comprit pas qu'elle se souriait à elle-même bien plus qu'à lui, y compris dans leurs étreintes dont il ressortait avec une étrange sensation de propreté comme si rien ne s'était vraiment produit. Sylvie ne transpirait pas, par mimétisme lui non plus. Dépourvu d'antécédents, il ignorait si c'était normal, dans les pornos auxerrois ça suait par litres, ça criait à flots continus de décibels. Avec Sylvie la chose se déroulait en silence, tout au plus lui donnait-elle quelques indications techniques, Un peu plus haut, voilà, tu peux avancer, bien. Il se sentait aux commandes d'un transpalette dans un hangar climatisé. D'une certaine manière ils étaient complémentaires, elle émettrice, lui récepteur, elle toute souriante, lui sans plus, surtout depuis qu'elle lui avait signifié que, Tu sais, deux détartrages annuels c'est limite quand on boit autant de café. Tout le monde ne peut pas breveter son sourire, l'immense majorité sourit avec les moyens du bord ou ne sourit pas, les raisons ne manquent pas, et beaucoup finissent par ricaner, en vouloir au monde entier, soi-même y compris. Longtemps après leur séparation il regretterait de n'avoir pas déterminé de façon certaine si, oui ou non, elle souriait aussi en dormant, et si, oui ou non, elle fermait les yeux.

Un gros caillou fit office de détonateur. L'ambiance était progressivement devenue explosive sous la tente à deux places, Éric eût pu s'inquiéter d'une possible hérédité familiale. Obsédé par un vautour qui planait en tirant le cou vers eux, il marcha sur ledit caillou et se tordit la cheville.

– Regarde un peu où tu mets les pieds, si tu me regardais moi plutôt qu'un vautour ça serait pas arrivé, on va pas faire demi-tour, on fait la boucle comme prévu, la douleur c'est dans la tête, ça se surmonte, dit-elle en souriant.

Oui, mais lui il la sentait dans sa cheville, la douleur, pas dans sa tête, et même irradier dans toute sa jambe. Il trébucha à nouveau, chuta dans la descente ravinée qu'ils venaient d'aborder, suscitant l'intérêt renouvelé du vautour chauve mais pas aveugle. Il serra les dents, elle pressa le pas.

– Écoute ! Je ne supporte pas les victimes ! Moi je fais la boucle, toi tu la boucles, je veux pas t'entendre gémir dans mon dos, ça va, tu es quand même pas à l'agonie ! On peut dire que t'assures pas, c'est quand même un comble ! On se rejoint au camp de base !

Si encore elle avait cessé de sourire, mais non ! Éric vécut là une variante du célèbre marche ou crève.

Tombé, quitté.

Éric se remit de son entorse et du double départ de Sylvie de sa vie et des Assurances des Oliviers, direction un certain Gilles et les Cévennes pour y créer un village de vacances, elle n'aurait jamais son bonsaï dans le hall des Assurances des Oliviers. Il alla songer à cet intermède presque amoureux devant le caveau. L'émotion lui fit verser quelques larmes. Peut-on se remettre d'un si gros bloc de passé qui se détache de soi sans pour autant vous quitter ? Les vieux le disent, À la fin ça s'inverse, c'est le présent qui devient l'ombre du passé. Aurait-il osé amener Sylvie rue de la Tramontane ? Le risque était considérable, au bout de cinq minutes sa mère lui aurait demandé pourquoi elle souriait comme ça en ouvrant des yeux comme des soucoupes, C'est ma blouse peut-être ? À la maison je mets ça, c'est pratique pour travailler, on est pas aux Assurances des

Oliviers ici, je vais pas me mettre en tailleur et talons, Éric a jamais rien trouvé à y redire à mes blouses si c'est ça qui vous fait sourire mademoiselle Sylvie je sais pas quoi, le tergal c'est la soie du pauvre. Son père l'aurait observée sans rien dire, L'animal a beau poil et belles dents, aurait-il résumé plus tard devant Éric, faut voir à l'usage, c'est une fille de la ville, faut voir, faut pas se précipiter, je sais de quoi je parle.

Certains dimanches ou après le bureau, lorsque les jours rallongeaient, Éric se rendait dans un petit jardin public modérément poussiéreux où des bustes de personnages célèbres en leur temps s'encagoulaient de fientes. Passés à la postérité, ils en subissaient les désagréments les plus divers, devenir d'illustres inconnus ou se voir déboulonnés du jour au lendemain, quand le passé sera devenu un immense casier judiciaire. Un des avantages des parcs et jardins urbains, outre leur facilité d'accès et qu'on ne s'y perd pas sinon dans ses pensées, c'est qu'ils ne sentent pas. Ni le pourri-moisi des forêts, ni le mélange friture-humus des bois périurbains, ni cette odeur d'after-shave des garrigues. Éric ne détestait pas ces buissons comprimés entre murs et grilles, ces arbustes matés à coups de cisailles, ces allées filant aussi droit que les vignes jadis taillées par son père. Contrairement à la nature, ces enclaves allient permanence et changement, leurs plates-bandes évoluent au gré des saisons et des choix paysagers du jardinier en chef. Elles sont constantes mais non monotones, modestes mais fières. Les jardiniers y œuvrent avec calme et méthode, les enfants s'y découvrent la passion du génie civil, leurs parents des gisements de patience insoupçonnés ou une hypersensibilité nerveuse, certains tel Éric une appétence pour les promenades en circuit fermé. Quand il y pleut la terre recrache sa plomberie sous les pieds du public, des flopées sinueuses de lombrics, l'anaconda de l'espèce. Des joggers s'y mouchent avec les doigts, des clochards explorent de l'index le fond d'une boîte de thon, des merles trottinent derrière leur bec jaune, un chat dort d'une oreille.

Ce jour-là Éric entreprenait quelques tours d'allées, son ombre lui servant de lièvre avant de se rebeller en collant à ses basques puis en sortant d'un de ses côtés tel un surgeon. L'idée l'effleura d'acquérir un chien, nombre des personnes présentes dans ce jardin en promenaient ou le contraire. Un chien était le ticket d'entrée dans le cercle de ces cynophiles qui regardent avec tendresse leur animal renifler le cul d'un autre ou galoper en rond pour se dérober à une tentative de pénétration. Accessoirement on peut sympathiser et… qui sait ? Le souvenir de l'entorse pyrénéenne s'éloignait, le sourire de

Sylvie lui apparaissait désormais comme le fanal des naufrageurs, il aurait plus de chance la prochaine fois. Éric avait noté le pourcentage élevé de jeunes femmes parmi les cynophiles. Mais quel chien ? Un chien c'est comme une automobile, il y en a de toutes catégories, de toutes tailles, de tout usage, de tout standing. Ça classe son possesseur. Il lui faudrait un chien ni trop gros ni trop bruyant et qui attire la sympathie. Idéalement, un Nyam-Nyam. Il avait regardé un documentaire sur cet animal peu connu aux nombreux alias, Nyam-Nyam, Basenji, Terrier du Congo. Sa particularité est qu'il n'aboie pas. Il vocalise, entre jodels et gloussements de dinde. De quoi attirer la curiosité, nouer des conversations, faire connaissance. Creusant la question, il se dit que posséder un Nyam-Nyam réglait la question des aboiements intempestifs, pour le reste c'était trois sorties par jour, le vétérinaire, tout un tas d'obligations. Si ses voisins de palier en avaient eu un, il se serait offert à le promener de temps à autre. Un chien à temps partiel aurait été parfait, malheureusement cet arrangement était exclu, les Poujol possédaient deux perruches calopsittes, Couçi et Couça, pas de Nyam-Nyam ni autre variante canine.

Éric tournicotait dans un périmètre resserré autour de la vieille fontaine où de musculeux chevaux lippus crachaient de l'eau par les naseaux. Le fil de ses pensées s'enroula sans grand résultat autour de la colonne dressée au centre du monument équi-aquatique. Après l'avoir fortement sollicité, son projet canin reflua, laissant en lui un sentiment d'envasement. Il s'assit sur le bord du bassin. L'odeur légèrement chlorée de l'eau lui rappela qu'une piscine venait d'être inaugurée non loin de chez lui. Tiens, se dit-il, depuis le temps que je veux apprendre à nager. Il caressa la surface du bassin du bout des doigts, anticipant sur sa prochaine mise à l'eau.

Trois jours plus tard, il entra dans un magasin de sport et sans tergiverser acquit maillot et bonnet de bain, lunettes antibuée et sandales antidérapantes car les chiffres sont formels, on se tue ou se blesse sur le carrelage des piscines bien plus que l'on ne se noie en leur eau. Tous les mardis et jeudis à dix-huit heures il se regarda longer la façade vitrée de la piscine en surimpression des nageurs qui venaient vers lui ou s'éloignaient avant d'entrer dans cet aquarium pour humains. Le nombre de lieux aux façades entièrement vitrées proliférait, la médiathèque, la salle de culture physique, de nombreux commerces et lieux de restauration offraient leurs intérieurs aux passants. Ainsi voyait-on des enfants applaudir un conteur en silence, des coureurs et cyclistes courir, pédaler vers le passant sans avancer, des linéaires de vêtements, des perspectives de rayons tenter de vous aspirer, des convives manger des plats sans odeurs.

À l'abonnement annuel, il privilégia un carnet de dix tickets.

Il se contraint à tenir ses deux séances hebdomadaires bien que rétif à cet endroit où chaque étape produit un effet régressif, obligeant à sautiller sur un pied devant un vestiaire à peine plus grand qu'une boîte aux lettres, s'enserrer le crâne d'un bonnet de bain, patauger dans un quadrilatère d'eau chlorée pour enfin s'immerger sous le regard d'un surveillant muni d'un sifflet. Il observait les nageurs confirmés pour reproduire tant bien que mal leurs mouvements, trop nombreux et difficiles à coordonner, sans même parler de la respiration. Vite épuisé après quelques mouvements d'une brasse sommaire, il s'asseyait sur le rebord d'où il contemplait les baigneurs de base faire de leur mieux pour progresser sans se cogner les uns aux autres. Ceux pouvant être nommés nageurs alignaient les longueurs avec sobriété et efficacité. Titulaires de crawls tranchants ou de brasses impératives, ils n'entendaient pas partager leur couloir de nage avec les dilettantes. Certains de ceux-ci, craintifs, ne cessaient de lancer des regards semi-circulaires pour prévenir les chocs, d'autres giflaient l'eau sans se préoccuper des empotés infoutus de s'écarter à temps. La joie venait du petit bain dont l'eau bouillonnait d'enfants. Depuis son bord de bassin, bonnet sur la tête et lunettes sur le front, il observait, cela devint son activité principale. Il scrutait. Surtout les femmes. Surtout celles de son âge. Surtout celles qui lui plaisaient. Immergées, les Ondulantes devenaient des Ondoyantes. S'il en repérait une justifiant sa mise à l'eau, il la suivait longuement pour dresser une cartographie mentale de ses déplacements. Les vraies nageuses étaient exclues, elles réalisaient un programme ne souffrant aucune interruption. Éric ciblait celles dont le barbotage laissait envisager une disponibilité d'esprit, voire un léger ennui. Il mettait ensuite en œuvre une approche reptilienne, entre deux eaux, un rien sournoise, ciblant les individus les plus faibles du troupeau des points de vue natatoire et de la vigilance. La plupart étaient des proies expérimentées, elles le voyaient venir de loin, maintenaient une distance de sécurité.

Il changea de bonnet de bain, remplaça l'orange fluo par un tendre bleu clair, en vain. Depuis l'époque du Cerf Radieux rien n'avait vraiment changé, l'épisode Sylvie était l'exception, éblouissante et traumatisante, qui confirme la règle. Son sentiment croissant de solitude, ou plus précisément sa crainte de l'éprouver, s'accommoda mal de cette inatteignable proximité. Il avait sympathisé avec le maître-nageur sauveteur, lequel le donnait en exemple de ce qu'il ne fallait pas faire à ses élèves. Éric devint quelque chose comme un modèle dans un atelier de dessin mais négatif, à ne pas reproduire. Un contre-modèle. Son second carnet terminé et sans possibilité de prendre une carte duo dans un avenir proche, il décida de se débarrasser de ses lunettes et de ses deux bonnets de bain, il garderait le maillot et les tongs pour la plage. Il se félicita d'avoir surmonté son peu de goût pour les piscines publiques, de s'être pris en main, d'avoir essayé, à présent il savait que montagne et piscine, même combat. Au fond, conclut-il, rien ne vaut la marche dans la garrigue, l'air de rien ces piscines sont assourdissantes, ça fatigue tous ces cris, en plus dans celle-ci ils forcent sur le chlore, pas étonnant que la peau me gratte, j'avais pas ça avant !

Un samedi matin, peu avant midi, Éric descendit dans le local à poubelles de son immeuble tout en se demandant dans quel container jeter les accessoires. L'héritage maternel était mis à mal, les consignes de tri évoluaient, les objets changeaient de statut, devenaient recyclables, toutes les marques ne progressaient pas au même rythme. La minuterie de l'escalier se trouvait encore en panne pour la seconde fois en quinze jours, ça commençait à bien faire ! Il poussa la porte du local. Cherchant l'interrupteur, il sentit sous sa main une matière souple qui se rétracta avec un petit cri, c'était l'épaule d'une jeune femme cherchant à tâtons le commutateur. Éric s'excusa, expliqua les problèmes récurrents de la minuterie de l'escalier, le positionnement loufoque de l'interrupteur. Il n'avait jamais vu cette nouvelle résidente qui s'amusa de la situation et, avisant les lunettes et le bonnet tenus par Éric, s'exclama, Oh ! Vous nagez ! Moi aussi !

Il confirma sa passion pour les piscines, se réjouit qu'elle ne s'enquît pas de ce qu'il faisait là avec ses bonnets et ses lunettes, sans rien à jeter, sans sac ou serviette de bain.

Éric regarda Sophie s'éloigner de l'immeuble, se retourner et lui sourire. Il fait doux pour la saison, songea-t-il, c'est l'été indien.

L'auteur remercie le Centre national du Livre (CNL) pour son soutien

Achevé d'imprimer en décembre 2023
par CPI Firmin-Didot
N° d'éditeur : 2879
N° d'édition : 623538
N° d'imprimeur : 178205
Dépôt légal : février 2024
Imprimé en France